बरसाने की राधा

[कहानी-संग्रह]

बरसाने की राधा

नलिन विलोचन शर्मा

राधाकृष्ण प्रकाशन

ISBN : 978-81-19989-10-2

बरसाने की राधा
© नलिन विलोचन शर्मा

पहला संस्करण : 2024

मूल्य : ₹595

प्रकाशक
राधाकृष्ण प्रकाशन प्राइवेट लिमिटेड
जी-17, जगतपुरी, दिल्ली-110 051

शाखाएँ : अशोक राजपथ, साइंस कॉलेज के सामने, पटना-800 006
पहली मंजिल, दरबारी बिल्डिंग, महात्मा गांधी मार्ग, प्रयागराज-211 001
1, अनमोल सोराबजी सन्तुक लेन, धोबी तलाव, मरीन लाइंस, मुम्बई-400 002
वेबसाइट : www.radhakrishnaprakashan.com
ई-मेल : info@radhakrishnaprakashan.com

मुद्रक
बी.के. ऑफसेट
नवीन शाहदरा, दिल्ली-110 032

BARSANE KI RADHA
Stories by Nalin Vilochan Sharma

बरसाने की राधा

क्रम

अजया

अगर इस वक्त खन्ना साहब को उस अंग्रेज कवि की तरह कुछ ऐसा मालूम दे रहा है कि खुदा बहिश्त में है, और दुनिया में सब कुछ ठीक है तो यह बिना वजह नहीं है। उनकी नई स्पोर्ट्स मॉडल बुइक, पानी पर हंस की तरह, ढुलकती भागी जा रही है। अजया बगल में बैठी हुई है। वह आज ही पहली बार साथ-साथ सिनेमा जाने को तैयार हुई थी। और उनकी जेब में पचास हजार की बीमा पॉलिसी है, जो एक घंटे की बातचीत में ही मिल गई थी।

खन्ना जब-जब अपनी इस नई गाड़ी के बारे में सोचते हैं, तो अपनी पीठ आप ठोंक लेना चाहते हैं। सेकेंड हैंड है, लेकिन कौन कह सकता है कि नई नहीं है? बगल में बैठी अजया उनके होंठों पर अकारण मुस्कुराहट देखकर खुद भी मुस्कुरा देती है। चौराहे पर लाल रोशनी देखकर, ब्रेक लेते हुए क्लच दबाकर गियर छुड़ा दी, तो गाड़ी अपने गद्दों पर खन्ना और अजया को झुलाती हुई रुक गई। खन्ना ने सिगरेट केस निकालकर एक सिगरेट चुनी। फिर माचिस निकाली, और सिगरेट केस जेब में गिरा दी। उन्होंने कुछ गर्व के साथ अजया को देखा, जो उनकी ओर ही देख रही थी, और डैश-बोर्ड

के सिगार-लाइटर को बटन दबाकर जला दिया। उन्होंने सिगरेट सुलगाते हुए अजया की ओर कुछ इस भाव से आँखें उठाईं कि देखा इस मोटर की खूबी? देखा सिगरेट जलाने का नया तरीका? लेकिन अजया सामने देख रही थी। मिनट-मिनट पर खाकी मिलटरी लारियाँ पास से गुजर रही थीं, जिनके कारण रास्ता रुका हुआ था।

खन्ना खीजकर चुप बैठे रहे, बाएँ हाथ की उँगलियाँ चिकनी स्टियरिंग व्हील पर फेरते हुए, दाएँ हाथ से सिगरेट का कश लेते हुए। वह अजया को बताना चाह रहे थे कि किस तरह सोलोमन साहब को छह-छह हजार के ऑफर मिल रहे थे, फिर भी पाँच हजार पर ही उन्हें यह गाड़ी मिल गई थी। बिजनेस इसे कहते हैं। वह अजया को इस बात का कायल कर देना चाहते थे कि जिन्दगी में सपने देखना और बात है और कामयाबी हासिल करना और बात। यह अजया बिजनेस को हेय नजर से देखती है न!

तब लाल रोशनी हरी हो गई। खन्ना के इशारे पर गाड़ी गुर्र कर खिसकी, और हवा से बातें करने लगी।

मोटर की तेज रफ्तार ने उनके बौखलाए हुए दिमाग की दौड़ धीमी कर दी। एकाग्रता और ठंडी हवा भी काम कर रही थी। अजया तक पहुँचने और उसके मन पर विजय पाने का तरीका उन्होंने मन-ही-मन बदल डाला। सवाय होटल के अहाते में मोटर रोककर उन्होंने अजया की ओर का दरवाजा उसके उतरने के लिए खोला तो उनके होंठों पर बीमा एजेंट वाली अभ्यस्त मुस्कुराहट खेल रही थी। अजया उन्हें माफ करती हुई जवाब में मुस्कुरा दी। वे बार में दाखिल हो गए।

'क्या मँगाऊँ, चाय या कोल्ड ड्रिंक?' अजया के बैठ जाने के बाद सामने की कुर्सी पर बैठते हुए खन्ना ने पूछा।

'अरे, आप और कुछ नहीं पिएँगे?' अजया ने कलाई की ओर देखते हुए ताज्जुब के साथ कहा, 'अभी तो सिनेमा में तकरीबन घंटे भर की देर है। मैं...मैं तो पोर्ट लूँगी।'

खन्ना ने जो रुख अख्तियार किया था, उसे फिर धक्का पहुँचा। उन्होंने वेटर को पोर्ट और व्हिस्की का ऑर्डर दिया।

अजया ने एक-दो बार अपना गिलास उठाया था जरूर, पर वह अब तक लबरेज पड़ा था। खन्ना का गिलास आधे से ज्यादा खाली हो चुका था।

खन्ना के डिगते हुए आत्मविश्वास को ठंडी व्हिस्की की गर्मी ने थाम लिया। उन्होंने फख्र के साथ महसूस किया कि उनकी मेज पर एक ऐसी औरत बैठी थी जैसी बार में दूसरी नहीं थी। उन्होंने पास बैठी हुई अजया पर उतना ही गर्व था, जितना अपनी नई मोटर पर। मोटर उनकी अपनी थी। अजया थी, या नहीं थी? नहीं थी तो होना पड़ेगा। लोग तो समझ रहे ही होंगे कि थी। यह खयाली दुनिया में रहनेवाली अजया उनसे खिलवाड़ करेगी? वह अपनी बात के जोर से अनजानी कम्पनियों के लाखों के हिस्से बड़े-बड़े कानूनदाँ, टेढ़े मुवक्किलों के हाथों कुछ यों ही नहीं बेच देने का दावा रखते थे। और यह अदना-सी स्कूल की मास्टरनी?

'क्यों, खन्ना साहब,' अजया कह उठी, 'इन साहब को पहचानते हैं आप?'

'नहीं, नहीं! हाँ-हाँ,' कहते हुए खन्ना झेंप गए कि अजया भी क्या सोचती होगी कि दो-चार मिनट बातचीत चलाते रहने की काबिलियत भी नहीं क्या उनमें?

उन्होंने अपने लिए एक और व्हिस्की मँगाई, और दो घूँट में खत्म कर गए। उनकी झिझक काफूर हो गई। अजया को उन्होंने एक किस्सा सुनाया तो वह खिलखिलाकर हँस पड़ी। व्हिस्की, हँसी और अजया की आँखों ने उनकी नीयत को नेक और दिल को मजबूत बना दिया। अजया आज 'ना' नहीं कह सकेगी। अजया मिसेज खन्ना बनकर रहेगी।

और उन्होंने घड़ी देखकर हँसते हुए कहा कि सिनेमा का वक्त हो गया। खन्ना की मोटर का कोई असर अजया पर कुछ नहीं हुआ था। उनकी दुनियावी कामयाबी की बातें सुनकर वह उनसे दूर जा पड़ी थी।

उनके एक चुटकुले ने उसे खोल दिया, जब कुछ देर पहले वह अपने में सिमटी जा रही थी : खन्ना से दूर, बहुत दूर। इस बार वह मोटर में दरवाजे से लगकर नहीं बैठी।

वे सिनेमा हाउस पहुँचे, तो खेल शुरू हो गया था। दो-चार मिनट की ही देर हुई थी। खन्ना ने नीचे का एक बॉक्स लिया, और वे बॉक्स के पिछले सोफे पर जाकर बैठ गए। खन्ना ने अजया का अपनी ओर का हाथ अपने हाथ में ले लेना चाहा। अजया ने हाथ बढ़ाया नहीं। खन्ना ने फिर कोशिश की, तो अजया ने हाथ दे दिया। चारों ओर से घिरे अँधेरे में डूबे छोटे-से बॉक्स में अजया को लग रहा था, जैसे वह जादू की कोठरी में बैठी हुई हो! बाहर स्क्रीन पर रोशनी में प्यार करती हुई तसवीरें, बीच में कतार-पर-कतार छाया मूर्तियाँ, और इस अँधेरे में घुलता हुआ हाथ।

और फिर भी उसने महसूस किया कि वह उस तरह खो नहीं गई थी, जिस तरह हॉल में आगे बैठे हुए लोग। इंटरवल हुआ, तो उसने खन्ना के हाथ से अपना हाथ अलग कर लिया।

खेल फिर शुरू हुआ। खन्ना का हाथ उसके कन्धे पर था। अजया का खयाल कहीं और था। वह पर्दे पर बेडौल जिस्मों की उछल-कूद देख रही थी, जो प्रेम का दृश्य था। क्या उनके दिल होगा, और दिल में कोई कैफियत होगी? क्या खन्ना के दिल में कोई कैफियत थी? शायद थी। क्या वह उसे चाहता था? वह तो नहीं मानती। शायद ही वह खन्ना को खूबसूरती से अपनी ओर खींचती होगी। लेकिन खन्ना का दिमाग? वह तो आँकड़ों और नई-नई स्कीमों को लेकर चक्कर काटता होगा। वह वहाँ आ कैसे गई? खन्ना की कौन-सी ताकत उसे वहाँ अपनी सीट पर बैठे रहने को मजबूर बनाए हुई थी? चाहे भी, तो क्या यहाँ से उठकर वह चली जा सकती थी?

बाहर बारिश हो रही थी, जिसकी आवाज और ठंडक अन्दर तक आ रही थी। खन्ना के हाथ का दबाव उसके कन्धे पर बढ़ गया था। वह समझ नहीं पा रही थी कि उसे वह क्यों चाहती थी, जब उसे इस तरह हिकारत

की नजर से देखती थी? उसने अचानक खन्ना का हाथ अपने हाथ में लेकर दबाते हुए कहा, 'तुम बड़े अच्छे हो।'

खन्ना ने उसकी ओर ताज्जुब से देखा।

'ऐसा खेल देखने से बाज आया। तुम?' उन्होंने मुस्कुराकर पूछा।

'राटेन!' अजया ने कहा।

वे उठे और बाहर चले आए। अजया ने डिनर के लिए कहीं जाने से इनकार किया। उसने चाहा कि खन्ना उसे उसके फ्लैट तक छोड़ आए...।

वे साथ-साथ फ्लैट में दाखिल हुए। खन्ना ने उसे अपनी बाँहों में कस लिया। उसने अपने को छुड़ाना चाहा। लेकिन वह जहाँ से लौटी थी, वहाँ की भारी-भारी हवा ने जैसे उसकी सारी ताकत को सुला दिया था। बाँहों में बँधकर, सिकुड़कर ही उसकी ताकत लौट सकती थी। वह अपने पर अपना अधिकार खोकर उसकी बाँहों में उसी तरह बँधी खड़ी रही।

खन्ना ने ही उसे सोफे पर बिठाया। वह कितनी थक गई थी! वह सिर्फ यही चाहती थी कि जैसे है, वैसे ही सो जाए। और कुछ नहीं।

खन्ना उसके बिलकुल पास बैठे, तो जैसे उसकी नींद उचट गई। यह नहीं कि वह सो ही गई थी। उसने जैसे बहुत दूर से, बिना तनिक भी घबराहट के, खन्ना की ओर देखा और देखती रही। देखने लगी तो गौर भी किया। वह खन्ना के बारे में इतने ठंडे दिल से सोच रही थी कि उसे खुद झुंझलाहट मालूम हुई। क्या खन्ना उसे कुछ इस तरह नहीं बना सकता कि वह अपने को भूल जाए, उसका दिल इतना ठंडा पड़ता न जाए?

खन्ना उसे जीत चुके थे। उसे अपनी ओर देखते देखा, और इस तरह देखते देखा, तो वे घबरा उठे। अचानक वहीं होते हुए भी वह इतनी दूर-सी कैसे होती जा रही थी?

अजया पा रही थी कि उसका मन उसका ही था, बिलकुल अपने काबू में—शान्त, अपनी जीत पर अडिग। वह खन्ना की बेकाबू हरकतें देख रही

थी। अब बिगड़ी बात बन नहीं सकती थी, वह महसूस कर रहे थे। फिर भी आगे बढ़ने से अपने को रोक लेते, ऐसी उनकी हालत न थी।

अजया अपनी अनचाही ताकत पर खुद हैरत में थी। उसने अचानक ही सब कुछ समझ लिया। उसका जिस्म रुकावट नहीं पैदा कर रहा था। वह अपने मन में ही रुक गई थी। वह जिस्म में गहरी कोई चीज थी, जिसकी रुकावट हटाए नहीं हटती थी।

कुछ देर तक दोनों एक-दूसरे की आँखों में देखते रहे। अजया की आँखों में घृणा नहीं थी। उनमें घबराहट भी नहीं थी, डर भी नहीं था। खन्ना डर-से गए। सचमुच क्या वह उनसे ज्यादा ताकतवर थी? वह उनसे डरती नहीं थी? क्या यह ठीक था? क्या वह उनके असर के बाहर थी?

और फिर एकाएक उनका डर गुस्से में बदल गया। वह देखेगी कि वह कितने धोखे में है। वह दिखा देंगे। उन्होंने उसकी कलाइयों को मजबूती से पकड़ लिया। अजया फिर भी शान्त बनी रही, जरा भी घबराई नहीं। खन्ना चिढ़कर व्यंग्य से बोले, 'आपके लिए तो जैसे नाचीज यहाँ हो ही नहीं, और आप बिस्तर पर जाने के लिए कपड़े बदल रही हों!'

अजया ने कुछ कहा नहीं। बड़े इत्मीनान के साथ कलाइयों को छुड़ा लेने की कोशिश की।

यह कुछ ऐसी बात हुई जो खन्ना को बर्दाश्त न हो सकी। उन्होंने बेकाबू होकर अजया को अपनी ओर खींचा। वह नीचे आ गिरी। खन्ना ने झुककर उसे कई चाँटे रसीद कर दिये और करते गए। वे समझे, वह अब रोई, अब रोई। और रो दे, तो वह उसे उठाकर गले लगा लेंगे।

फर्श पर अजया के बाल बिखर गए थे। वह उनकी ओर जड़ आँखों से देख रही थी। तब उसने सारी ताकत लगाकर खन्ना को हाथों से ठेलकर दूर कर दिया। वह दाँतों के बीच से बोली, 'गेट आउट!'

उसने फिर-फिर उसी तरह तीखी आवाज में दुहराया, 'चले जाओ। निकल जाओ।'

उसकी आवाज में किसी तरह की गुंजाइश न थी। खन्ना उठ खड़े हुए। खन्ना नीची निगाह किये हुए मुड़े, और कमरे के बाहर हो गए। उन्होंने फ्लैट के बाहर दरवाजे को अपने पीछे जोर से बन्द किया, और सीढ़ियों से तेजी के साथ नीचे चले आए।

अजया ने सुना, उनकी मोटर कई बार खाँसने के बाद तेज रफ्तार से अहाते के बाहर चली गई। और शायद उसी के पीछे कुत्ता भौंक रहा था।

काले सपने

नीलिमा के मस्तिष्क में विचार उठते थे, और भीगे कागज पर अक्षरों की तरह अपना रूप खो देते थे। वह घबरा उठी—क्या वह भी जीजी की तरह पागल हो जाएगी?

अगर वह अपने सिर को दीवार पर पटक दे, और उसे अपने हाथों में लेकर देख सके, तो वह क्या देखेगी? उसके चिकने काले केशों के नीचे कैसा घना अन्धकार होगा? अगर कमरे के अन्धकार में वह मिल जा सकता, तो उसे नींद आ जाती। नीलिमा ने अन्दर और बाहर के गहरे अन्धकार में देखने की कोशिश से थकी आँखें उँगलियों से बन्द कर लीं।

उसे उम्मीद नहीं थी कि वह आज रात भी सो सकेगी। उसने कमरे की बत्ती बुझा दी थी, जँगले बन्द कर दिये थे। कमरे के कोने-कोने में अन्धकार था। उसने बिजली का पंखा भी बन्द कर दिया था। बेशकीमती पंखे से आवाज बहुत कम निकलती थी, पर नींद में खलल डालने के लिए वह भी काफी हो सकती थी। और इससे ज्यादा तो यह कि वह नहीं चाहती थी कि घना अन्धकार तितर-बितर हो जाए। अगर पंखा चलता रहा तो कमरे का अन्धकार उसकी चेतना पर कैसे छा सकेगा? और वह

चाहती थी कि छत से रुँधा अन्धकार उसकी आँखों से होकर दिमाग के हर हिस्से में फैल जाए।

उसने कई बार महसूस किया था कि कुछ ऐसा हो रहा था, जैसे कारखाने की चिमनी धुआँ उगल रही हो और उसकी चेतना उसमें ओझल हुई जा रही हो! पर फिर जैसे अचानक एक तेज हवा के झोंके से धुआँ बिखर जाता था, सामने तीखी रोशनी रह जाती थी, और उसकी तकलीफ दुगुनी हो जाती थी।

उसकी आँखें खुलती नहीं थीं। बन्द रहने पर ऐसा मालूम होता था, जैसे छोटी-छोटी चिंगारियाँ, या आग के लहकते लाल शोले, या आग की एक दीवार बिलकुल आँखों में ही हों! और इस आग के चारों ओर बेडौल विचार इस तरह चक्कर काटते थे, जैसे बिजली के लट्टू के इर्द-गिर्द बरसाती कीड़े!

और वह चाहती थी कि वह सो जाए, जैसे दो-तीन दिनों पहले तक सोया करती थी। वह सब कुछ भूलकर भी सो जाने की कोशिश कर रही थी।

लेकिन अचानक ही उसे लगा, जैसे उसके अन्दर एक डर-सा बना हुआ था कि वह अगर सो गई, तो वह सब कुछ खो देगी। लेकिन कैसी फिजूल बात थी! रमेश शहर में ही तो था। कल ही तो उसने कार पर से रमेश को दफ्तर की ओर जाते देखा था। वह कहीं जानेवाला भी तो नहीं था। उसे कुछ मालूम भी नहीं था। अभी तक वह उसे कुछ बता ही कहाँ पाई थी? और मालूम हो जाने पर भी वह कहाँ जाएगा?

नीलिमा को आखिर नींद आ गई।

और नीलिमा को लगा, जैसे वह एक क्षण के बाद ही जग गई हो। उसने खट् की एक आवाज सुनी थी। वह कमरे के अन्धकार में आँखें फाड़-फाड़कर देख रही थी। सामने का दरवाजा धीरे-धीरे अन्धकार को अन्दर की ओर ठेलता हुआ मुड़ रहा था। बरामदे की रोशनी कमरे में खड़ी लकीर की तरह घुस आई थी। आधे खुले दरवाजे में जीजी, पगली जीजी, तसवीर की तरह मढ़ी हुई थीं। पगली जीजी को रात के वक्त इस तरह अचानक सामने पाकर वह जरूर ही चिल्ला उठती, लेकिन जीजी के चेहरे का डरावनापन

आज जाने कहाँ गायब हो गया था! हल्की रोशनी में जीजी के मुख की रेखाएँ कैसी सुन्दर मालूम पड़ती थीं! लोग झूठ नहीं कहते थे कि अपने वक्त में उसकी जीजी शहर की सबसे खूबसूरत लड़की थी।

जीजी ने एक बार बाहर की ओर देखा, फिर कमरे में धीरे से खिसक आईं। उन्होंने बत्ती जला दी।

जीजी ड्रेसिंग टेबल की कुर्सी पर बैठती हुई बोलीं—बहुत धीरे, जैसे कोई छिपकर उनकी बातें सुनने की कोशिश कर रहा हो, 'तू जगी हुई थी न, नीलू! मैं जानती हूँ।'

उन्होंने कुछ ठहरकर अपने कपड़ों में कहीं से एक लेमन ड्रॉप निकालकर उसे मुँह में डालकर चूसते हुए फिर कहा, 'नीलू, मैं जानती हूँ कि तू कल भी रातभर जगती रही, और परसों भी।'

जीजी का मुँह एकाएक डरावना हो गया। उन्होंने सटे होंठों से कहना शुरू किया, 'अभागी, क्या तू उसी तरह जिन्दगी भर जगती रहेगी, जैसे...जैसे तेरी पगली जीजी जगती रहती है?'

जीजी के मुख का डरावनापन दूर हो गया था और उनकी आँखों से उनका सारा पागलपन बह निकला था।

नीलिमा ने आज जाने कितने दिनों बाद अपनी जीजी को गले से लगा लिया था। जीजी एक छोटी बच्ची की तरह रो रही थीं, और नीलिमा अपनी तकलीफ थोड़ी देर के लिए बिलकुल ही भूल गई थी। नीलिमा ने आज पहले-पहल अपनी जीजी की पिछली जिन्दगी की एक ऐसी झाँकी पाई थी, जिसका उसे आज तक कोई पता नहीं था। जीजी ने अचानक रोना बन्द कर दिया। उन्होंने फिर कहीं से एक लेमन ड्रॉप निकाला और उसे परम सन्तोष के साथ चूसने लगीं। कुछ देर बाद वे शीशे के पास जाकर खड़ी हो गईं और अपनी परछाईं को मुँह चिढ़ाती हुई कंघी करने लगीं। कंघी करते-करते वे रुकीं और फिर आकर नीलिमा के पास बैठ गईं। उन्होंने बड़ी आजिजी के साथ धीरे-धीरे नीलिमा से कहा, 'देख, मैं इतनी देर से याद कर रही थी कि

तुझसे जो कहने आई थी, वह कौन-सी बात थी। जानती है, मैंने एक सपना देखा है। उस छोकरे का क्या नाम है? रमेश न! मैंने उसी के बारे में सपना देखा है। जरा-सी झपकी लग गई थी। देखा, वह सड़क के किनारे बैठा हुआ भीख माँग रहा है। और भी देखा कि तेरी मोटर बड़ी तेजी से उधर से गुजरी और उसकी एक टाँग मोटर के चक्के के नीचे आ गई। वह कुत्ते की तरह चिल्ला उठा। लेकिन मोटर और तेजी के साथ निकल गई।'

जीजी की आँखों में मौत जैसा डर छाया हुआ था। उन्होंने रुक-रुककर कहना जारी रखा, 'मोटर बाबूजी चला रहे थे। तू पीछे बैठी हुई थी। मैंने चिल्लाकर कहा—बाबूजी, मोटर रोको। भिखमंगे की टाँग टूट गई थी। लेकिन बस, इतनी ही बात तो नहीं थी! सामने ही कितनी नीची खाई थी। मैं देखती रही, और मोटर खाई में जाने कहाँ गुम हो गई!'

जीजी ने अपनी आँखें मूँद लीं। उन्होंने अपना सिर दोनों हाथों में दबा लिया। उन्होंने फिर बोलना शुरू किया, तो जैसे सपने में ही बोल रही हों! कहा, 'लेकिन मुझे कितनी खुशी हुई जब मैंने देखा कि खाई में से मोटर सही-सलामत वापस लौटी और उधर भागी जिधर से आई थी। इस बार क्या देखा, जानती है? मोटर रामू ड्राइवर चला रहा था। पाजी कहीं का! मुझे खूब लेमन ड्रॉप ला-लाकर देता था। देखा, बाबूजी मोटर में पीछे बैठे हुए थे। लेकिन इस बार जहाँ रमेश बैठा हुआ था, वहाँ जाने कहाँ से तू आकर बैठ गई थी। और तुझे तो मोटर बिलकुल रौंदती हुई निकल गई।...लेकिन देख, नीलू, रामू को तो पाँच-छह दिन हो चुके, बाबूजी ने घर से निकाल दिया था। किस तरह उसकी पीठ की चमड़ी उधेड़ दी थी बाबूजी ने हंटर से मार-मारकर! मोटर का पुर्जा चुराया था न उसने।' और जीजी मुँह बन्द कर हँसने लगीं।

'जानती है, क्या हुआ था?' उन्होंने कहना शुरू किया, 'उस रोज शाम के वक्त रामू ड्राइवर ने मुझसे कहा था—बीबीजी, आज रात में मैं चुपके से आपके लिए बहुत सारे लेमन ड्रॉप लाऊँगा। अपने कमरे का दरवाजा खुला ही छोड़ दीजिएगा—मैं पागल जो ठहरी। मैंने उसे बता दिया था कि मैं

अपने कमरे के बगलवाले कमरे के दरवाजे को खुला छोड़ दूँगी। जानती है, नीलू...' जीजी बच्चों के-से भोलेपन के साथ खिलखिला पड़ीं, और मुँह में साड़ी के छोर को भर लिया।

फिर खिलखिलाहट रोकते हुए उन्होंने कहा, 'कमरे में बाबूजी की दोस्त फिरोज मित्रा ठहरी हुई थीं। रात में रामू ने अँधेरे में उन्हें ही लेमन ड्रॉप देना चाहा था।'

इस बार नीलिमा अपनी हँसी नहीं रोक पाई। लेकिन जीजी इस बार नहीं हँसीं। वे शायद लेमन ड्रॉप ढूँढ़ रही थीं।

जीजी ने अचानक कहा, 'देख नीलू, एक पागल औरत की बात तू मानेगी? रमेश को तू सचमुच चाहती है? वह किरानी है न? बाबूजी तेरे लिए किसी आई.सी.एस. को ढूँढ़ते होंगे। एक बार तेरी पगली जीजी ने भी कॉलेज के एक गरीब लड़के से शादी करनी चाही थी। उसने अपने दिल की बात नहीं सुनी। उसने बाबूजी की बात मान ली! मैं आज तेरे सामने खड़ी हूँ न! तू सचमुच रमेश को चाहती है? आज तेरी जगह मैं होती, तो क्या करती? जा नीलू, जा, वही कर!' जीजी उठीं और धीरे-धीरे कमरे से बाहर हो गईं।

और जरा देर बाद कमरे के बाहर सूरज की धीमी-धीमी रोशनी दिखाई पड़ने लग गई थी। और नीलिमा ड्रेसिंग टेबल के सामने बैठकर जल्दी-जल्दी चिट्ठी लिख रही थी।

जैगुअर

मिस चैटर्जी अपने लम्बे-चौड़े मकान की ठठरी में दिल की तरह बनी हुई हैं। उनकी जिन्दगी सर्कस में रस्से पर नाचनेवाली की है। आभिजात्य और सामाजिक बहिष्कार, अमीरी और गरीबी, मर्यादा और उच्छृंखलता की खतरनाक विभाजक रेखा पर उनकी माँ सधे पैरों से चला करती थीं। मिस चैटर्जी लायक माँ की लायक बेटी थीं। इससे ज्यादा तो यह कि मिस चैटर्जी खूबसूरत माँ की खूबसूरत बेटी थीं। उनके पिता...उनकी आत्मा को शान्ति मिले, उन विचारों को यहाँ घसीटने से कोई फायदा नहीं। मिस चैटर्जी की माँ का पिछले साल इन्तकाल हो गया था। आमदनी के राज से भरे जरिये अचानक ही बन्द हो गए थे। परिवार के हितैषियों का आना-जाना एकदम ही कम हो गया था। जो आना चाहते थे, उनकी संख्या कम न थी लेकिन जो बड़े-बड़े लोग पहले आया करते थे, उनका पता नहीं था।

मिस चैटर्जी—रीता—अभी इन लोगों से निबट रही थी। कल जस्टिस नाथ और कर्नल हसन के पत्र आए थे। उसके नाम से दोनों ने तीन-तीन सौ रुपयों के चेक भेजे थे और यकीन दिलाया था कि यह रकम उसे हर महीने मिलती रहेगी। उन्होंने बड़ी आजिजी के साथ यह भी लिखा था कि रीता ने

अपनी माँ के बक्से की जिन चिट्ठियों की चर्चा की थी, उन्हें वह हिफाजत से रखे, ऐसा न हो कि वे किसी के हाथ पड़ जाएँ! रीता दो-तीन और महानुभावों के पत्रोत्तरों और चेकों का इन्तजार कर रही थी। कल छह सौ रुपयों के चेक उसे न मिल गए होते तो उसे अपने नये मित्रों से रुपयों के लिए कहना ही पड़ता। लेकिन, संक्षेप में, यही समझिए, यह चैटर्जी परिवार की दूरदर्शी नीति के सर्वथा विरुद्ध होता। मिसेज चैटर्जी कहा करती थीं—रुपया माँगने से नहीं मिलता, वह अपने-आप मिलता जाता है या ठोकर लगाने पर। रीता ने ठोकर लगाकर छह सौ माहवार का इन्तजाम कर लिया था और रीता के नये मुलाकाती मिस्टर कपूर ने खुद ही उसके लिए 'जैगुअर' कार देने को कहा था।

रीता पलंग पर लेटी-लेटी ख्वाब देख रही थी। कल रात फ्लाइंग क्लब से दो बजे लौटी थी। 'बाल' की वर्जिश से वह कुछ ऐसी थक गई थी कि घर लौटने पर बाहर के कपड़े उतारे बिना ही पलंग पर गिर गई थी। जब उठी तो आठ बज रहे थे। उसने नींद में सपने नहीं देखे थे! अब जगी हुई स्वप्नलोक में विचरण कर रही थी। उसका जिस्म पलंग पर बिखरा हुआ था। उसी तरह दिमाग को भी ढील मिली हुई थी। इस तरह बिखरकर लेटे-लेटे हवाई किले बनाने में रीता को अवर्णनीय ऐन्द्रिय सुख मिलता है। सुबह में एक-डेढ़ घंटे तक वह इस सुख में सनी रहना पसन्द करती है।

अभी उसके सपने शुरू ही हुए हैं। उसके सपनों में प्रतिश्रुत 'जैगुअर' की रूप-रेखा बार-बार उमड़ आती है। 'जैगुअर' की पतली, चिकनी स्टियरिंग व्हील के स्पर्श-सुख की कल्पना से ही वह हवा से बातें करने लग जाती है। एक बच्चे की तरह उसके लिए पलंग ही मोटर बन जाती है। वह साँस रोक लेती है, जैसे वह सत्तर मील प्रति घंटे की रफ्तार से मोटर चला रही हो! उसके पैर हिलने लगते हैं : वह एकाएक एक्सिलेरेटर पर से अपना दायाँ पैर हटाकर ब्रेक लेना चाहती है। रंगीन सपनों का एक दृश्य खत्म हो जाता है। फिर कुछ अप्रिय दृश्य भी चुपके से सामने आ जाते हैं : 'जग्गी एंड ब्रदर्स' का तीन हजार का बिल...सालभर का बकाया म्यूनिसिपल टैक्स।...

और वह एक झटके में इन उलझनों से बहुत दूर अपनी कल्पना की कार ड्राइव कर रही होती है।

तभी बड़े टेबल पर पड़ा टेलीफोन घनघना उठा। फोन कपूर का था। रीता सोचकर मुस्कुराई कि लोग कहते हैं, सुबह के सपने सच होते हैं। वह नि:शब्द खिलखिलाहट से हिल उठी जब उसने सोचा—मेरे सपने मेरी सुबह के, जो अभी शुरू ही हुई है, हालाँकि, ग्यारह नहीं तो दस बज चुके होंगे। टेलीफोन पर कपूर अभी उसकी स्तुति करता जा रहा था। वह काम की कोई बात नहीं कहता, तब तक रीता अपने सपनों और अपनी सुबह पर सोच रही थी और हथेली टेलीफोन के माउथपीस पर रखे हुई थी। उसे पहले से ही अपने ऊपर भरोसा था। अब उसने अपने साथ शर्त बदी कि एक हफ्ते के अन्दर कपूर 'जैगुअर' हाजिर करेगा। कपूर जैसे आदमी की आजिजी, परेशानी और घबराहट की कीमत वह नहीं समझ सकती, तो वह अपने पैरों पर किस बूते खड़ी होगी?

उसके होंठों की मुस्कुराती लकीरें उसकी परेशानी की सलवटों में बदल गईं, जब शब्दों को निचोड़-निचोड़कर बोलनेवाले कपूर ने तुतलाते अधिकार के साथ कहा कि वह तुरन्त या कुछ देर बाद, जैसा रीता के लिए सुविधाजनक हो, वहीं आ रहा है और वहीं ब्रेकफास्ट करेगा। रीता टेलीफोन पटकने को हुई कि कुछ सोचकर 'हाँ' कर दी। लेकिन उसने मीठी उनींदी आवाज में कहा कि ब्रेकफास्ट क्या, लंच के लिए आ जाए न कपूर—यही तकरीबन एक बजे।

कल रात क्लब में और वहाँ से लौटते हुए कार में कपूर शराफत और बदतमीजी का कैसा खतरनाक और तकलीफदेह खेल खेल रहा था, यह रीता ने बखूबी समझा था और कपूर ने भी धीरे-धीरे समझा था कि रीता के लिए वह खेल एकदम नया नहीं है। वह 'जैगुअर' का वादा करने के बाद भी रीता को इस बात के लिए राजी न कर सका था कि रीता उसे ऊपर अपने कमरे तक पहुँचा आने दे। रीता कार से हँसती हुई उतरी थी और 'बहुत-बहुत

शुक्रिया आपका, लेकिन इसकी जरूरत नहीं' कहकर अपने घर के दरवाजे के अन्दर हो ली थी।

लेकिन रीता को यह भी मालूम था कि कपूर ऐसा बेवकूफ न था कि वह नहीं समझता हो कि रीता 'जैगुअर' गाड़ी के लिए एकदम जरूरी हो जाने पर, अपनी आत्मा भी बेच सकती थी, इसीलिए उसे रीता ने लंच पर बुला लिया था। खतरे को काफी नजदीक तक आने का मौका देकर ही वह उसे अपना फायदा बना सकती थी।

रीता तैयार होने लगी। ड्रेसिंग रूम में बालों पर ब्रश करते-करते उसने मकान के पिछवाड़े कुछ आवाज सुनकर खिड़की से झुककर देखा, तो जो दीख पड़ा, वह उसे खूब अच्छा लगा। उसके मकान के पिछवाड़े, एक सँकरा गलियारा छोड़कर, मुद्दत से खाली पड़ी जमीन पर एक मकान बन रहा था। गलियारे के एकान्त में मकान बनानेवाले ठेकेदार ने एक मजदूरिन का बायाँ हाथ पकड़ रखा था और वह दाएँ से उसे चाँटे रसीद कर रही थी। रीता को देखते-देखते ठेकेदार ने उस औरत का हाथ छोड़ दिया था, और जहाँ काम हो रहा था, खिसक गया था।

रीता जँगले के पास खड़ी रही। ब्रश करना खत्म हुआ, तो वहीं खड़े-खड़े नाखून रँगती रही। जब पास के लोहे के कारखाने में बारह की सीटी बजी, तो वह मजदूरिन एक जवान, तगड़े मजदूर के साथ गलियारे में आई। दोनों ईंटों के एक ढेर के पास देर तक बैठकर कुछ खाते-पीते और घुल-घुलकर बातें करते रहे, जैसे पेड़ की डाल पर कबूतर-कबूतरी हों!

रीता कुछ देर के बाद अन्दर चली गई। उसने फोन उठाया और कनेक्शन मिल जाने पर कहा, 'मैं हूँ, रीता। सुनो कमल, तुम तुरन्त आ सकते हो? बड़ा मजा आएगा, सच। नहीं, एकदम तुरन्त चले आओ। तो बस, चले ही आओ। मैं खाने पर इन्तजार कर रही हूँ।'

कमल आया तो दोनों ने खाना शुरू किया। रीता धीमी आवाज में उसे जाने क्या-क्या समझाती रही, जैसे दोनों कोई साजिश कर रहे हों!

एक बजने में पाँच-दस मिनट रह गए तो दोनों ने मिलकर जल्दी-जल्दी खाने के टेबल की चादर बदल डाली और खाने की जूठी चीजें मुस्कुराते हुए बने हुए खाने में मिला दिया। ठीक एक बजे जब कपूर आया तो कमल बगलवाले कमरे में चला गया और रीता कपूर के साथ फिर खाने बैठी।

कपूर ने डटकर खा लेने के बाद जब रीता की ओर तनिक इत्मीनान से देखा, तो वह सिर्फ टोस्ट कुतर रही थी। बहुत कहने पर भी रीता ने और कुछ लेने से इनकार कर दिया और बताया कि वह दोपहर में इससे ज्यादा खाती ही कब है, और आज तो उसके सिर में दर्द भी था।

खाने के बाद रीता ने ड्राइंग रूप में सोडा-साइफन का एक गिलास लिया और एक बोतल लाकर रख दिया। कपूर ने उसे बैठने के लिए कहा तो वह यह कहकर अन्दर चली गई कि वह थोड़ी देर तक आराम करेगी, तब तक कपूर अखबार देखे और चाहे तो ड्रिंक भी रखा हुआ था--अगर कपूर लंच के बाद उसकी जरूरत समझता हो।

ऊपर के छोटे ड्राइंग रूम में रीता कमल के साथ फल खाती और बातें करती रही। कमल ने जब पूछा कि आखिर क्यों उसने आज अचानक उसे प्यार किया, कपूर को इस तरह बेवकूफ बनाने का क्या मतलब था, तो रीता हँसने लगी और कुछ साफ-साफ कहने के बदले बात ही पलट दी।

एक घंटे के बाद जब कमल चला गया और रीता उसे बाहर पहुँचाकर निचले ड्राइंग रूम में पहुँची, तो कपूर सोफा पर पड़े-पड़े खर्राटे ले रहा था और बोतल आधी खाली हो चुकी थी। रीता ने उसकी तरफ उठे घूँसे का इशारा किया और जाकर अपने कमरे में सो गई।

'जंगली, जैगुअर!' उसने कमरे में घुसते-घुसते एक हिस् के साथ कहा था।

रोबट*

रामधन बाबू को आप जरूर नहीं जानते होंगे। उनके सम्बन्ध में आपका यह घोर अज्ञान उचित ही है। रामधन ने न तो कभी नाम ही पैदा किया, न कभी बदनाम ही हुए। आप उन्हें जानें तो क्यों?

सच पूछिए तो रामधन के बारे में यह सब जो आपको सुनाया जा रहा है, वह दीपक को सूर्य दिखाना है। रामधन राजनीतिज्ञ नेता नहीं, महाकवि नहीं, करोड़पति नहीं—वह कुछ भी नहीं है। वह एक ऑफिस का किरानी भर है, जो कुछ न होने के बराबर ही तो है!

उसके व्यक्तित्व में कहीं कोई उलझन हो, तो मुझे मालूम नहीं। उसके दिल में गहराई नहीं, दिमाग में गुत्थियाँ नहीं। उसके जीवन में कुछ भी ऐसा नहीं जो गोपनीय हो, रहस्यमय हो। उसकी जिन्दगी एक सीधी लकीर-सी रही है और वह भी अब खत्म होने को आई, यही समझिए। किरानी की जिन्दगी की चार मंजिलें बताई जाती हैं। रामधन ने तीन तय कर ली थीं। कहने का मतलब कि सैकड़ों-हजारों दूसरे किरानियों की तरह रामधन ने बी.ए. किया

---

* Robot : उच्चारण—रोबो, मुझे रोबट पसन्द; इनसान की तरह काम कर सकनेवाली मशीन।

था, नौकर हुआ था और कल उसे पेंशन भी मिल गई थी। आखिर मंजिल तो सबकी एक ही ठहरी—वह किरानी हो या बादशाह। देखिए, आप ऐसा न समझ लें कहीं कि मैं किरानियों पर व्यंग्य कर रहा हूँ। ऐसा किस मुँह से करूँगा? खुद भी तो किरानी ही हूँ! हाँ, अभी नया-नया किरानी बना हूँ। अभी इस दलदल से निकलकर कहीं ठोस धरती पर पैर टेकने का हौसला दिल से गायब नहीं हुआ है। इसीलिए जरा तटस्थ होकर किरानी जीवन या किरानियों पर बातें कर लेता हूँ। उन पर व्यंग्य करना अपने ऊपर ही व्यंग्य करना है। इतना आत्मविश्वास आप एक किरानी में कभी नहीं पा सकते—वह मुझ जैसा नया किरानी ही क्यों न हो!

रामधन के बारे में मैं कह रहा था। वह मेरी ही ऑफिस का हेड असिस्टेंट था। उसे हम इतनी नफरत की निगाह से देखते थे कि आप भी देख रहे होंगे कि मैं उसे रामधन बाबू कहना तक पसन्द नहीं करता। रामधन के सामने तो खैर, हम उसे रामधन बाबू कहने को मजबूर थे लेकिन पीठ पीछे ऑफिस के पिऊन तक उसे रामधन ही कहकर याद करते थे। आप समझ सकते हैं, रामधन कितना नीरस और कर्कश रहा होगा।

रामधन, झूठ नहीं बोलूँगा, बेईमान नहीं था। पिऊन से लेकर साहब तक यह बात जानते थे। इस एक गुण के बल पर रामधन बड़ा बाबू तो बन गया था, लेकिन इसके आगे नहीं बढ़ सका था। ईमानदारी की वजह अधिकारियों में उसकी धाक जितनी भी हो किन्तु उनके बीच भी वह लोकप्रिय नहीं था। वह उन आदमियों में था जो कानून और नियम के एक शब्द के लिए जान दे सकते हैं। ऐसे आदमी बहुत होते हैं जो कानून और नियम के शब्दों पर जोर देते हैं, आशय पर नहीं। लेकिन शब्द की मर्यादा के लिए नौकरी पर लात मारने की हिम्मत रामधान जैसे किरानी ही कर सकते हैं और ऐसे किरानी कम ही मिलेंगे। शब्दों को तोड़-मरोड़कर अधिकारियों ने अगर कभी पक्षपात करना चाहा, कोई अनुचित लाभ उठाने की कोशिश की तो रामधन उनके रास्ते का रोड़ा बन जाता। इसी का नतीजा था कि रामधन बड़ा बाबू बनकर ही रह गया।

जब अधिकारी तक चाहते हैं कि खाओ और खाने दो, तब छोटे मुलाजिमों की क्या बात! लेकिन उसके मारे ऑफिस के छोटे बाबू लोग एक पैसा नाजायज नहीं ले पाते थे। किसी चपरासी की भी क्या मजाल, जो वह एक पैसा रिश्वत ले ले! रामधन की गिद्ध दृष्टि ऑफिस की बड़ी-से-बड़ी और छोटी-से-छोटी बात पर रहती थी। सभी रामधन से डरते थे और घृणा करते थे।

कोई बाबू या चपरासी पाँच मिनट देर से भी पहुँचा, तो फिर उससे लिखी कैफियत तलब होकर ही रहती थी और उसकी यह कैफियत रामधन इतनी सावधानी से फाइल करता कि जब पाँच साल बाद उसकी उन्नति का प्रश्न आता, तो उसके खिलाफ इसे पेश कर देना वह भूल नहीं सकता था। छुट्‌टी माँगने से बढ़कर गुनाह रामधन की नजर में कुछ हो ही नहीं सकता था। रामधन का इकलौता बेटा मृत्यु-शय्या पर पड़ा हुआ था। खुद साहब ने बुलाकर छुट्‌टी लेने के लिए कहा, तो उसने सधन्यवाद अस्वीकार कर दिया, क्योंकि ऑफिस का काम उसके घर की झंझटों के लिए तो रुका नहीं रह सकता था! जब एक दूसरे बाबू ने समझाना चाहा तो उनसे बेलौस होकर कह दिया, अपना काम देखिए, फिजूल वक्त मत बर्बाद कीजिए! और वे बेचारे अपना-सा मुँह लेकर अपनी कुर्सी पर चले गए। ऐसे आदमी से दूसरों को कितनी दिक्कत से एक-दो रोज की भी छुट्‌टी मिल सकती है, यह सहज ही अनुमान किया जा सकता है। मेरे जैसे कई नये बाबुओं ने खीजकर इस्तीफा तक दे दिया था। ऑफिस में, सच या झूठ, लोग कहते हैं, एक चपरासी ने, बहुत गिड़गिड़ाने पर भी छुट्‌टी नामंजूर हो जाने के बाद, एक दिन घर लौटने वक्त उस पर हाथ तक चला दिया था। इन बातों का असर रामधन पर कभी न हुआ और वह अपनी नौकरी के अन्तिम दिन तक हाड़-मांस का यंत्र बना रह गया।

जहाँ तक मैंने देखा, रामधन का कोई नहीं था और वह भी किसी का न था। उसके परिवार के बारे में मुझे कुछ खास मालूम नहीं, लेकिन जहाँ

तक ऑफिस का सवाल है, उसके पास तक कोई कभी फटकने नहीं पाया। वह न तो कभी किसी के घर जाता था, न अपने यहाँ किसी का आना-जाना पसन्द करता था। हममें से दो-एक बाबू अपनी चापलूसी के लिए मशहूर थे। उन्होंने बड़े साहब तक को अपनी चापलूसी से अपनी मुट्ठी में कर रखा था। लेकिन उनकी इस कला का जादू रामधन पर नहीं चला। दुनियादारों का कहना है कि जहाँ साम, दाम, दंड, भेद जैसे अव्यर्थ उपाय भी निष्फल हो जाएँ, वहाँ भी चापलूसी कारगर होती है। गलत नहीं कहा गया है कि महान व्यक्तियों की अन्तिम दुर्बलता यह होती है कि वे अपनी तारीफ सुनना चाहते हैं। रामधन को हममें से कोई भी, किसी दृष्टि से, महान मानने को शायद ही तैयार हो। लेकिन वह अगर एक बहुत ही साधारण आदमी था, तो हम कभी यह नहीं समझ पाए कि उस पर चाटुकारिता का रामबाण क्यों खाली गया। हमने इस पर काफी वाद-विवाद किया था और अन्त में इसी निर्णय पर पहुँचे थे कि रामधन को आदमी कहना ही—अत्यन्त साधारण और निकृष्ट आदमी ही क्यों न कहा जाए—इस शब्द का अनादर करना था। रामधन को हैवान कहने से भी काम नहीं चल सकता था : पशुओं को तो आसानी से आदमी काबू में कर लेते हैं! तो हम उसे मशीन समझते थे—इनसान की तरह काम कर सकनेवाली मशीन : 'रोबट!'

उन्हीं दिनों किसी सचित्र विदेशी मासिक पत्रिका में मैंने उन दिनों के नये आविष्कार 'रोबट' का विस्तृत विवरण पढ़ा था। मैंने अपने साथ काम करनेवाले बाबुओं पर रौब गालिब करने की नीयत से रामधन की तुलना 'रोबट' से कर दिखाई थी, हालाँकि उस विवेचन में 'रोबट' के बारे में ज्यादा और रामधन के बारे में बहुत कम ही बातें थीं। यह कबूल कर लेने पर भी इतना जरूर कहूँगा कि रामधन था सचमुच 'रोबट' ही।

'रोबट' आधुनिक विज्ञान की बहुत बड़ी उपलब्धि है, किन्तु साथ-ही-साथ वह विज्ञान की अन्ततः सीमित शक्ति का परिचायक भी है। वैज्ञानिक लोहे के टुकड़ों और बिजली के तार से इनसान बना ले सकता है। इतना ही

नहीं, वह अपने लोहे के पुतले में बुद्धि भी डाल दे सकता है। सच बात तो यह है कि 'रोबट' जो काम कर सकता है, वह असाधारण रूप से मेधावी मनुष्य भी नहीं कर सकते। किन्तु विज्ञान लोहे का हृदय अभी नहीं बना पाया है। मनुष्यत्व की अपनी थोड़ी-सी विशेषता बची रह गई है!

और यही विशेषता रामधन में जैसे थोड़ी-सी भी नहीं थी। 'रोबट' पर हमें गर्व होता है—वह प्रकृति पर मनुष्य की विजय है। रामधन की याद से भी मन कैसा-कैसा हो जाता है कि वह प्रकृति की कितनी भयंकर विफलता था। रामधन के बही-खाते में कभी कोई गलती हुई हो, यह मैंने नहीं सुना; रामधन को किसी ने दो-चार मिनट देर से आते नहीं पाया; रामधन ने यदि शिष्टाचार के नाते हँस दिया, तो उसमें विनोद से ज्यादा दाँत ही दीख पड़े, यहाँ तक कि यदि उसने क्रोध किया, तो उसमें भी भाव से अधिक नियम का आग्रह ही था।

रामधन को मैंने हर वक्त एक ही तरह के कपड़े पहनकर आते देखा था—साधारण, पर साफ-सुथरे, कभी-कभी हाल के सिले हुए, पर सदैव उसी पुराने ढंग के जो आज से बीस-पच्चीस साल पहले प्रचलित थे। उसकी मेज और कुर्सी, फाइल रखने की जगह और कलम-दवात जाने कब से एक रूप, अपरिवर्तित बनी हुई थीं। यदि किसी दूसरे आदमी ने कभी कोई हेर-फेर कर भी दिया, तो उसकी शामत आ गई। रामधन की बात अलग, ऑफिस के दूसरे लोग भी आँखें मूँदकर उसकी मेज पर की चीजें उठा ले सकते थे। पिन कहाँ मिलेगी, मुहर कहाँ रखी होगी, पेपर-वेट कहाँ होगा—सबको कंठस्थ पाठ की तरह मालूम था।

आदमी अच्छे लोगों का ही आदर करते हैं, किन्तु स्नेह तो बुरे लोगों से भी कर सकते हैं, और बहुत दिनों तक साथ रह जाने पर तो जानवरों के साथ भी अपनापन महसूस करने लग जाते हैं। लेकिन मैंने कहा न, रामधन अच्छा-बुरा; इनसान-हैवान कुछ भी नहीं था। वह एक जीता-जागता पुतला भर था। और पुतलों के बारे में स्नेह या अपनापन, आदर या आकर्षण का कोई क्या अनुभव करेगा? और सो भी जब रामधन जैसा पुतला हो, जिसे

साधारण अर्थ में मनुष्य मानने के लिए बाध्य होना पड़ता है और जो इसीलिए और अधिक भयंकर हो जाता है।

सो, जब रामधन की कार्य-अवधि के समाप्त होने की बात हमने सुनी, तो हमें कितना सन्तोष हुआ, इसका आप अब भी शायद ही ठीक-ठीक अनुमान कर सकें। रामधन से हम घृणा करते हों या नहीं, किन्तु वह हमारे दैनिक जीवन का एक ऐसा दुर्वह भार था, जिसके हट जाने की सम्भावना से भी सन्तोष होना स्वाभाविक ही था।

रामधन को जैसे इस बात का पता तक न था। वह रिटायर होने के एक दिन पहले तक, उसी पुराने ढर्रे पर यंत्रवत् काम करता रहा, काम लेता रहा। हममें से अधिक उसकी विदाई के अवसर पर किसी तरह का आयोजन न करने के ही पक्षपाती थे। किन्तु रामधन ने, ऑफिस की परम्परा का खयाल रखते हुए, ऐसे अवसरों पर, अपनी ओर से, हर बार एक रुपया बतौर चन्दा दिया था। कुछ तो इस कारण और कुछ साहब का रुख देखकर, हमने बहुत विचार-विमर्श करने के बाद रामधन की विदाई का आयोजन किया ही।

शाम के वक्त ठीक साढ़े चार बजे तक काम कर लेने के बाद रामधन ने चाभियों का गुच्छा साहब के सुपुर्द कर दिया, चार्ज वह पहले ही दे चुका था। ऑफिस के बाद ही रामधन की विदाई का इन्तजाम किया गया था। सबने चाय पी, कुछ थोड़ा-सा खाना-वाना भी हुआ : जब हममें से किसी ने रामधन की विदाई के सम्बन्ध में कुछ कहना अस्वीकार कर दिया, तो साहब ने ही यह रस्म-अदायगी चुने हुए शब्दों में कर दी। रामधन सदा की तरह पत्थर बना हुआ बैठा था। साहब ने उससे भी कुछ कहने के लिए शिष्टाचारवश अनुरोध किया।

रामधन उठा। रामधन ने जब बोलना शुरू किया तो जैसे वह अचानक बहुत घबरा उठा। मैंने पहली बार क्लास में भाषण करनेवाले अपने एक अध्यापक को कुछ इसी तरह घबराते हुए देखा था। रामधन की आवाज की

सुपरिचित कठोर स्पष्टता गायब हो गई थी। वह बार-बार खाँस रहा था। दो-चार शब्द कहकर ही वह बैठ गया। रूमाल में उसका मुँह छिपा था। उसका सारा शरीर ऊपर-नीचे हिल रहा था, उस तरह हिल रहा था जिस तरह पुरुष का शरीर रुलाई रोकने के विफल प्रयास से हिलने लगता है।

रामधन ने काफी देर तक इस तरह रहने के बाद रूमाल से आँखें पोंछते हुए बैठे-ही-बैठे कहा, 'मैं आप लोगों का बहुत कृतज्ञ हूँ। इस वक्त तबीयत कुछ खराब-खराब मालूम हो रही है। आप मुझे माफ करें।'

रामधन बाबू उठे। उनके सामने ऑफिस से बाहर निकालकर उन्हीं की मेज रखी गई थी, क्योंकि वही चाय-वाय के लिए उपयुक्त समझी जाती थी। रामधन बाबू ने एक बार मेज को बड़े प्यार से हौले-हौले थपथपाया और धीरे-धीरे बाहर चले गए।

हम हक्के-बक्के खड़े रहे : लोहे का पुतला भी रो सकता है?

लाल कोठी

मैं विश्वविद्यालय की डिग्रियाँ लेकर, अपनी अधूरी शिक्षा की पूर्ति के लिए, देशाटन किया करता था। अध्ययन की तरह भ्रमण की कोई योजना नहीं रहती थी—बस, घूमता था। और इस ढंग से ही देश के दूर-दूर के कोने छान डाले थे, जबकि बहुत से नजदीक के स्थान देखने को बच ही गए थे। जैसे अध्ययन के नोट्स नहीं रखे, वैसे ही अपने भ्रमण की भी कभी डायरी-वायरी नहीं रखी। मुझे विवरण नहीं इकट्ठा करना था। मैं अनुभवों की तलाश में था।

मैंने महसूस किया था, ज्ञान पुस्तक में नहीं है। एक बार फिर देखा, अनुभव ढूँढ़ने से नहीं पाए जा सकते। लेकिन इतना भी समझ सका तो सन्तोष है कि न तो पुस्तकों का ही अध्ययन व्यर्थ था, न वे भ्रमण ही, जिनसे मैं असन्तुष्ट हो-होकर घर लौटता और जिनके लिए फिर-फिर घर से निकलता।

जिन दिनों, एक तरह से, घूमना-वूमना छोड़ रहा था, काम से पास के उस छोटे से शहर में जाना पड़ा, जहाँ काफी दूर-दूर के लोग आते हैं और जहाँ, शायद इसीलिए, मैं कभी नहीं गया था, या जाने की जरूरत समझी थी। जहाँ ठहरा था और जहाँ काम से जाना था, वहाँ से जाते-लौटते मैंने सारा शहर नाप लिया था। इस शहर की लोगों से तारीफ सुनी थी। मेरे लिए

एक दिन ही काफी था। मैंने अक्सर पाया है, जिन शहरों की लोग तारीफ करते हैं, उनके लिए एक दिन काफी होता है—कभी-कभी काफी से ज्यादा।

शाम की ट्रेन से घर लौटना था। मैं तीन बजे ही शहर से बेबाक होकर लौट आया था। अभी दो-तीन घंटे बिताने थे। मैं इतनी देर में शहर के प्रसिद्ध दर्शनीय स्थानों को देख आ सकता था, पर अपने भ्रमणों के प्रारम्भिक दिनों में ही मैंने यह समझ लिया था कि आदमी इससे बड़ी बेवकूफी नहीं कर सकता। सो, अमुक कॉलेज, अमुक मन्दिर और अमुक बाग देखकर काम-का-काम और साथ में घूमना भी, यह तो मुझे करना नहीं था। जिनके यहाँ ठहरा था, उनके बूढ़े चाचा जी ने सुझाया भी, 'न हो, चले चलिए, बाग ही देख आएँ।'

मैं भी तो सिर्फ एक बार ही जा सका हूँ आज तक और वह भी पिछले साल, जब एक साहब आ गए थे और उन्हें शहर घुमाने ले जाना पड़ा था। मैंने कहा था, 'जी, आप ठीक कहते हैं, यह सब तो लाचार होकर ही आदमी करता है, पर मैं आपको तकलीफ नहीं दूँगा।'

मैं उन दिनों जो कुछ करता था, उनके आधार पर सिद्धान्त बना लेने की मेरी बुरी आदत थी। अपने ऐसे सिद्धान्तों का आवश्यक-अनावश्यक रूप से प्रतिवादन भी करता रहता था, जिन पर आज न तो मुझे गर्व है, न अफसोस ही। मुझे याद है, चाचा जी अभी मेरे उत्तर को ठीक-ठीक समझने की कोशिश ही कर रहे थे कि मैंने, अपनी नजर में, बड़ी मौलिक बात कही, 'जहाँ तक मेरा सवाल है, देखिए न, मैं तो पिछली दफा जब चौथी बार आगरा गया तो मैंने पहली बार ताजमहल देखा—और वह भी लाचार होकर ही।'

चाचा जी थे, नहीं तो अपनी उस लाचारी का कारण बताने में मुझे आनन्द ही होता। लाचारी ताजमहल देखने की सच ही हो गई थी। वह लाचारी बहुत बड़ा अनुभव न भी हो, मीठी याद तो थी ही। लेकिन चाचा जी से वह सब क्या कहता!

जब कुछ करना ही नहीं था, तो मैंने अपना सामान-वामान ठीक किया और घर के मालिक का इन्तजार करने लगा कि वे ऑफिस से आएँ तो

उनसे मिलकर स्टेशन चल दूँ। मैंने अखबार उठाया, फिर एक पत्रिका, फिर वह जासूसी उपन्यास जो एकदम निराशाजनक साबित हो रहा था, पर रास्ते में जिसका ही भरोसा भी था। लेकिन जी उचाट हो रहा था। मुझे जाने क्यों ऐसा लग रहा था, जैसे शहर में कोई जरूरी काम बाकी रह गया है और मुझे उसकी याद नहीं आ रही और पीछे जब आएगी तो अफसोस होगा। मैं उधेड़बुन में ही पड़ा रहा और किसी तरह पाँच बजे। गृह स्वामी आए, हमने चाय पी, मैं स्टेशन के लिए चला।

गली जहाँ चौड़ी सड़क से मिल जाती थी, ठीक वहीं, बाएँ कोने पर उस इमारत पर मेरी नजर गई। मैंने दूसरी बार उसे देखा। मैंने महसूस किया, उसे फिर से देखना ही तो वह काम था, जो मैं नहीं कर पाया था और जो दिमाग के किसी कोने में खटक रहा था। उस कोठी की इस बार एक झलक भर मिली और मोटर बढ़ गई। पहली बार रिक्शे पर था तो तनिक ध्यान से देख पाया था। लेकिन मन्द गति और तीव्रगति के साथ देखे जाने पर मकान को दो दृष्टियों से देख ले सका, तो देखने का काम जैसे पूरा हो गया।

ट्रेन पर बैठा तो दोनों तरफ की खिड़कियों से हरी-भरी, छोटी-मोटी पहाड़ियाँ डूबते हुए सूरज की ललाई से बहुत सुन्दर दीख पड़ रही थीं। प्रकृति के रंगों के इस दुस्साहसपूर्ण प्रयोग को मैंने देखा और चमत्कृत हुआ—गहरे हरे रंग पर तीखा लाल रंग! पर इस दृश्य से ध्यान, जो कहीं और था, बँट नहीं रहा था। मेरे सामने तो शहर का वह पुराना मकान नाच रहा था, जो धुँधले लाल रंग का था और जैसा मकान इस वित्रिधतापूर्ण देश में भी मैंने अन्यत्र कहीं नहीं देखा था। मैंने अपने भ्रमणों के सिलसिले में वास्तुकला के एक-से-एक विचित्र, सुन्दर, भोंडे उदाहरण देखे थे। मैं प्राचीन वास्तुकला के अवशेषों की प्रकांड गरिमा से स्तम्भित हुआ था; मैं मध्य काल के भवनों की समन्वयवादिता का कायल हुआ था; मैंने आधुनिक युग की पश्चिम की नकल में बनी इमारतों को देख-देखकर वितृष्ण का अनुभव किया था। लेकिन किसी मकान को देखकर कभी ऐसा कुछ तो अनुभव नहीं किया था।

धुँधले लाल रंग की इस कोठी की तसवीर के साथ विलक्षण प्रतिभा, भयंकर हत्या, खूबसूरती, विद्रूपता के परस्पर-विरोधी-भाव जुड़े हुए थे। यह मकान नहीं था, इतिहास था। अतीत, वर्तमान और भविष्य की मिलावट थी, यह लाल कोठी। जैसे तीनों टकरा गए हों और एक-दूसरे में फँसकर उलझ गए हों और इसके फलस्वरूप लाल कोठी खड़ी हो गई हो! बस, कहीं एक कोई चीज थी जो न होती तो लाल कोठी अपने ढंग की अनूठी इमारत होती। या कहीं एक और चीज होती। लेकिन वह क्या चीज थी? मैंने अक्सर ऐसे चेहरे देखे हैं और कभी-कभी दिक्कत महसूस की है यह समझने में कि क्या बेकार है या क्या काम की। जो सुन्दर हो सकता है, वह एकबारगी कुरूप हो गया है। लेकिन मैंने ऐसे चेहरे भी देखे हैं, जो आसानी से बहुत सुन्दर हो सकते थे, पर जाने क्यों, भयानक लगते हैं। और सोचने पर भी कारण नहीं समझा है। लाल कोठी ऐसा ही चेहरा था।

लाल कोठी उस रोज ट्रेन में ही आदमी के बदसूरत चेहरे में बदलकर मेरे सामने आने लगी। फिर वह मेरे लिए नियमित दुःस्वप्न ही बन गई, जिसे चाहने और कोशिश करने पर भी भूल जाना कठिन था।

मैं चार-पाँच महीनों बाद फिर, एक रोज के लिए, उस शहर में कुछ जरूरी काम से गया। सुबह पहुँचा और शाम को ही लौटना था। साथ में एक डाक्यूमेंट केस के अलावा कुछ न था। शाम को स्टेशन चलने लगा तो मेरे मित्र भी साथ हो लिये। हम पैदल ही स्टेशन की ओर चले—मित्र की मोटर मरम्मत के लिए गई हुई थी।

गली से सड़क पर हम आए तो मित्र ने अचानक कहा, 'अभी तो काफी वक्त है, चलो अन्दर, एक सज्जन से मिल आऊँ।'

हम लाल कोठी के पास से गुजर रहे थे। मैं उधर ही ध्यान से देख रहा था। मेरे मित्र आगे-आगे चले और मैं उनके पीछे-पीछे लाल कोठी के अहाते में दाखिल हुआ।

मेरे मित्र लाल कोठी में रहनेवालों के आत्मीय रहे होंगे। वे सीधे ड्राइंग रूम में पहुँच गए। मैं हिचक रहा था, किन्तु मुझे भी घसीटते लेते गए।

मेरा वहाँ जिस दम्पती से परिचय हुआ, उसकी कल्पना अक्सर हम-आप करते होंगे, किन्तु वैसा होना कितनों के भाग्य में रहता है! प्रभावशाली, पर सुसंस्कृत व्यक्तित्ववाला पति, अनिंद्य सुन्दर, किन्तु व्यक्तित्व-सम्पन्न पत्नी, और एक छगन-मगन बेटा।

मैंने चाय पी। लाल कोठी और उसमें रहनेवालों के सम्बन्ध में अपनी विकृत कल्पना पर मैं अपने प्रति घृणा से भर-भर उठा। मुझे समय कम था। इसलिए फिर आने का निमंत्रण शिष्टाचारपूर्ण, अंशत: ईमानदारी के साथ दिया गया। निमंत्रण पाकर मैं अपने मित्र के साथ स्टेशन चला गया।

इसके कुछ दिनों बाद मैंने समाचार-पत्रों में एक सुबह पढ़ा था—शायद आपको भी स्मरण हो—'दम्पती और बालक की रहस्यपूर्ण मृत्यु!' कैसा रोमांचकारी शीर्षक! समाचार-पत्रों में इससे कहीं ज्यादा सनसनी पैदा करनेवाले शीर्षक और समाचार रोज ही पढ़ते-पढ़ते हम इनके आदी हो जाते हैं, किन्तु मेरे लिए यह समाचार इतना रोमांचकारी था जितना शायद ही जीवन में कभी पढ़ा हो। शहर का नाम वही था। लाल कोठी का संकेत न होने पर भी, बिना किसी आधार के ही, मुझे यह विश्वास हो गया कि खबर लाल कोठी के दम्पती के बारे में ही थी। आधार न हो और फिर भी विश्वास हो जाए, तो वह कितनी भयानक बात होती है!

अखबार की कतरन आज भी मेरे पास है। उसकी पंक्तियाँ हैं :

'आज सुबह एक सम्भ्रान्त परिवार की रहस्यपूर्ण मृत्यु की खबर से शहर में सनसनी फैल गई है। सुबह सोने के कमरे में बन्द रहने के कारण नौकर को सन्देह हुआ। जब उसने पड़ोसियों की सहायता से दरवाजा तोड़ा तो अन्दर परिवार के तीनों सदस्य—पति, पत्नी और बालक—मृत पाए गए। ऐसा सन्देह करने का कारण है कि पति ने पत्नी तथा पुत्र की हत्या करने के बाद आत्महत्या कर ली होगी। अभी हमारा संवाददाता जाँच कर रहा है।'

मुझे इस समाचार से रोमांच हो आना स्वाभाविक ही था। मैंने जिसे अपनी विकृत कल्पना समझ रखा था, वह विकृत होने पर भी कल्पना नहीं, भयंकर सत्य ही तो था! पीढ़ियों से चला आता हुआ पागलपन, ऊपर की सुघराई के नीचे उलझी हुई गाँठें, लाल कोठी की बनावट में ही नहीं, उसमें रहनेवालों के जीवन को भी विद्रूप बना चुकी होंगी! यह तो होना ही था, होना ही था! अपने द्वारा अनुभूत भयानक पूर्वाभास के स्मरण से मेरा खून बर्फ हो-हो जाता रहा।

तीन-चार दिनों बाद उस शहर के मेरे मित्र अचानक आ गए। अखबारवालों को शायद दूसरे सनसनीदार समाचार मिलते रहे, या उनके संवाददाता की जाँच ही पूरी न हुई। इसके बाद इस घटना की चर्चा मुझे पढ़ने को नहीं मिली थी और मैं पूरी बात जानने को उत्सुक हो रहा था। मेरे मित्र ने आते ही स्वयं चर्चा शुरू की।

दुर्घटना, जैसा मैंने अनुमान किया था, लाल कोठी में ही हुई थी। वही परिवार भी था, जिससे उन्होंने मुझे परिचित कराया था। दुर्घटना का कारण भी मेरे अनुमान से मिलता-जुलता था। पुलिस किस नतीजे पर पहुँची थी, यह तो नहीं मालूम था, किन्तु अफवाह थी कि पति को पत्नी पर सन्देह था, निश्चित प्रमाण मिलने पर, आवेश में पत्नी की हत्या करने के बाद, बालक को और अपने को भी खत्म कर दिया होगा।

लेकिन मित्र ने एक और बात बताई। यह परिवार दो-तीन महीने हुए, कलकत्ता से आया था। उसने लाल कोठी भाड़े पर ली थी।

दुकान की रौनक

कमरा बहुत छोटा था। कई आदमी बैठे थे। सिर्फ गिरीश की बगलवाली कुर्सी खाली थी। श्यामू खड़ा था। शायद गिरीश को देखकर झिझक रहा था। कमरे में दाखिल होने के वक्त उसमें झिझक नहीं थी। गिरीश को उसने पहले-पहल देखा था।

प्रेम ने बेतकल्लुफी के साथ कहा, 'गिरीश, यही श्यामू है—जिसका पान खा रहे हो। पोस्ट ऑफिस के सामने दुकान पर मैंने पनडिब्बा जो भरा था; इन्हीं की दुकान है। उस वक्त था नहीं श्यामू।...'

गिरीश ने सचेष्ट शिष्टता के साथ कहा, 'तो बैठो, बैठिए न, खड़े क्यों हैं?'

'जी...' कहते हुए श्यामू कुर्सी पर बैठा।

'राँची में क्यों रहता हूँ और कैसे रहता हूँ,' प्रेम बेसिलसिला कह रहा था, 'यह पूछे कोई तो जवाब यह है कि श्यामू की वजह। गिरीश, तुम जानो, मैं तो यहाँ आने के एक हफ्ते बाद ही इस्तीफा देने की सोच रहा था कि इसकी दुकान मिल गई। तुम जानते हो, स्वर्ग में भी मगही पान न मिले तो मैं रह नहीं सकता। और शहर भर में पान बेचता है तो श्यामू। हाँ, खानेवाले अलबत्ता दो हैं—एक मैं और एक खुद यही।'

'छोड़िए भी, प्रेम बाबू,' श्यामू ने मुस्कुराते हुए कहा, 'किमाम लीजिए, फिर मँगवाया है।'

प्रेम ने माचिस से किमाम निकालकर खाया, और गिरीश से पूछा, 'कभी कोकेन चखी है? लो, किमाम लो।'

श्यामू ने कुछ उतावली से कहा, "तो प्रेम बाबू, चलिए अब, देर हो रही है।'

प्रेम ने निश्चिन्तता के साथ कहा, 'गिरीश से कहो न। अब इन्हें छोड़कर तो जाऊँगा नहीं।'

और श्यामू ने मिटती हुई झिझक के साथ गिरीश से अपने यहाँ चलने का प्रस्ताव किया। उसके यहाँ प्रेम की दावत थी।

'जरूर, जरूर,' गिरीश ने प्रेम की संक्रामक बेतकल्लुफी के प्रभाव में आकर उत्तर दिया।

और गिरीश को उस निमंत्रण के स्वीकार करने का कभी पश्चात्ताप नहीं हुआ। पूरियाँ जरा बेढंगी जरूर थीं, मगर वैसा गोश्त उसने कभी नहीं खाया था, न वैसी मछली। तब वह शराब का पारखी नहीं बन पाया था, लेकिन आज भी उस दिन की याद से उसके मुँह में पानी आ जाता था। प्रेम ने शर्बत कहकर थोड़ी-सी पिला दी थी, जोकि गिरीश ने शराब समझकर ही पी थी। एक पैग से ज्यादा थोड़े ही थी लेकिन किस तरह सिर घूम गया था उसका! लेकिन खुशबू?

पी लेने के बाद प्रेम से गिरीश ने पूछा था, 'कहाँ मिलती थी वह, पिताजी के लिए ले जाना चाहता था।' श्यामू मुस्कुरा पड़ा था।

प्रेम ने टालते हुए कहा था, 'श्यामू से कहना, शायद इन्तजाम कर दे...।'

रिपन बार में अकेले बियर पीते-पीते गिरीश उस दिन की छोटी-छोटी बातों को भी अपने दिमाग में उलट-पलट रहा था। वह इतने दिनों बाद वहाँ फिर आया था। प्रेम नहीं था। श्यामू भी कहीं दीख नहीं पड़ा था। वह काफी देर से बियर पी रहा था। व्हिस्की के लिए कहकर उसने राय बदल दी। उसने बियर

की तीसरी बोतल मँगाई। वह रिपन बार की उजड़ी एकान्तता का पूरा-पूरा फायदा उठाना चाह रहा था। वह सोच रहा था, कहीं श्यामू मिल जाता...।

अजीब ढंग का आदमी था वह श्यामू भी। गिरीश ने कई बार उसकी समस्या सुलझानी चाही है। आज भी इसी उधेड़बुन में था वह। गिरीश खुद शायद जन्म का बूढ़ा था। बीस साल का था तभी एक दिन वह बूढ़ा हो गया था। तब से उसने निश्चिन्तता नहीं जानी थी। फिक्र उसे किसी बात की न थी, पर उसने उल्लास का अनुभव कभी नहीं किया था, हालाँकि वजह कोई न थी। वह प्रेम का दोस्त था तो सिर्फ इसलिए कि उस आवारागर्द आदमी की जिन्दगी में जाने कहाँ से कभी न चुकने वाली निश्चिन्तता बनी रहती थी। गिरीश उसमें हिस्सा बँटा पाता था, यह बहुत बड़ा आकर्षण था। और श्यामू का भी रहस्य था उसका उल्लास। ऊबा-ऊबा गिरीश सोच रहा था, उस एक शाम को उसने जितना उल्लास देखा था, उसमें से जो कुछ भी पाया था, वह उसने फिर देखा या पाया नहीं। लेकिन उस उल्लास का कारण क्या हो सकता था? गिरीश श्यामू के उल्लास के मूल स्रोत को जानना चाहता था। एक बार वह श्यामू से फिर मिल पाता! आज जब उसे उल्लास के एक कण से इतना आराम मिल सकता था, अगर श्यामू दीख जाता।

कितनी छोटी-सी वह पान की दुकान थी श्यामू की! आखिर कितनी आमदनी होती रही होगी उससे? और उस दिन गिरीश के लिए वह टैक्सी ले आया था। टैक्सी गली के अन्दर उसके घर तक पहुँच भी नहीं सकती थी। छोटा-सा ही घर था। लेकिन क्या बात थी उस दुकान में, उस घर में, उस श्यामू में! दुकान में न सही रुपये, पैसे बरसते थे, सचमुच बरसते थे। श्यामू दुकान पर बैठता, तो क्या कोई साहब ऑफिस में या सेठ अपनी गद्दी पर बैठता? और घर में, गिरीश ने देखा था, एक ऐसी मुस्कुराहट नाच रही थी कि फर्श की मिट्टी और दीवारों की गंदगी भी खूबसूरत लगती थी। इस शहर की पक्के रंग की युवतियों की मुस्कुराहट और खुशी उनमें अपूर्वता ला देती है, गिरीश ने देखा था। वही मुस्कुराहट श्यामू के घर पर थी। लेकिन वह कहाँ

थी? वह जादूभरी मुस्कुराहट ठीक-ठीक देखी नहीं थी उसने। श्यामू हँसता रहता था, उसके दोनों नंग-धड़ंग बच्चे किलकारी मारते रहे थे, प्रेम भी हँसने लगा था, और सबसे ताज्जुब की बात तो यही थी, खुद गिरीश भी हँस-हँस पड़ा था। गिरीश और हँसे? उसे याद नहीं कि उसके पहले वह कब हँसा था। यह तो खैर, अच्छी तरह याद है कि बाद में कभी नहीं। गिरीश जानना चाहता था, बुरी तरह जानना चाहता था। यहाँ आ गया था तो शायद जानने का मौका मिलता। पर श्यामू मिले तब तो...!

गिरीश भूलना नहीं चाहता था, वह ढूँढ़ना चाहता था। उसने आखिर व्हिस्की नहीं पीने का ही फैसला किया। वह शहर की तरफ लौट चला और श्यामू अचानक ही उसे मिल गया। वह माचिस की डिब्बी शायद 'बार' की मेज पर ही छोड़ आया था। वह सड़क के किनारे की दुकान पर माचिस लेने के लिए रुका। उसने मिट्टी के तेल की धुआँती रोशनी में देखा, दुकानदार श्यामू ही था। श्यामू वही था। बाल खिचड़ी हो गए थे, वह दुबला भी हो गया था। यों वह करीब-करीब पहले की तरह ही था।

श्यामू बूढ़ा हो गया था। एक दिन में, कुछ क्षणों के अन्दर ही, गिरीश भी इसी तरह बूढ़ा हो गया था। गिरीश के लिए यह कोई नया अनुभव नहीं था। शरीर पर बुढ़ापा धीरे-धीरे हावी होता है, हृदय पर क्षण भर में हो जा सकता है। उसने अपने ही जीवन में देखा है, यह बुढ़ापा कैसी विकराल छाया लिये रहता है! सम्पर्क में आनेवाले व्यक्ति ही नहीं, सारा वातावरण जैसे एकबारगी भाँय-भाँय करने लगता है। श्यामू रुपये के पैसे गिन रहा था। गिरीश बिना कुछ कहे दुकान से हटने लगा। श्यामू ने उसे पहचाना नहीं था। उसने पुकारकर कहा, 'पैसे लेते जाइए।'

गिरीश को पहले हिम्मत नहीं हुई थी। अब उसने कहा, 'श्यामू, मुझे पहचाना नहीं?'

श्यामू ने उसकी ओर देखा और उसकी सूखी आँखों में पुरानी पहचान चमककर गायब हो गई।

'गिरीश बाबू? नमस्ते। बहुत दिनों पर आए इधर?'

गिरीश ने कुछ कहा नहीं। वह अपने जीवन की पुनरावृत्ति देख रहा था। यह उसके लिए असह्य था।

'प्रेम बाबू से मालूम तो हुआ ही होगा? इसकी माँ पारसाल पागल हो गई।' एक तीन साल का बच्चा फटे-पुराने कपड़ों में लिपटा दुकान के एक कोने में खाँसता जा रहा था।

'पान लीजिए न!' श्यामू ने दो हरे बीड़े गिरीश की ओर बढ़ाते हुए कहा, 'आपके लायक तो नहीं लेकिन अब मगही के नाज उठाए कौन! इसकी माँ जब से पागल हुई।...'

गिरीश ने पान ले लिये और कहा, 'कल फिर आऊँ शायद, जरा जल्दी है।'

उसने पैसे फिर नहीं लिये थे। श्यामू ने फिर आवाज दी। इस बार गिरीश ने पैसे ले लिये...।

चलते-चलते गिरीश सोच रहा था, श्यामू के उल्लास के रहस्य को वह क्या जानता नहीं था? उसके दिमाग में बार-बार यह खयाल उठता था—क्या श्यामू की बीवी और उसकी कृष्णा एक ही पागलखाने में रहती होंगी?

रोने की कला

राजकुमारी के साथ जयन्त की घनिष्ठता बढ़ी तो बढ़ती गई। जयन्त ने राजकुमारी को देखा एक बार, दो बार, कई बार, फिर उससे मिला और दोनों मित्र बन गए।

जयन्त ने अकस्मात् ही राजकुमारी को देखा था। यों, शहर में चारों ओर रॉयल थियेट्रिकल कम्पनी की धूम मची हुई थी, लेकिन जयन्त को उससे कोई दिलचस्पी न थी। पर बात ऐसी हुई कि उस दिन शाम को उसे कोई काम सूझ नहीं रहा था और ऐसी हालत में वक्त कटना मुश्किल हो रहा था। और जयन्त है कि उसे कुछ-न-कुछ काम करना ही चाहिए। तभी मेज पर पड़ा हुआ नाटक कम्पनी के उस रोज के शो का फ्री पास उसे दीख पड़ गया था और वह थियेटर देखने चला गया था।

तब यह शहर, आज की तरह, ईंट और लोहे, सीमेंट और कंक्रीट का इतना डरावना जंगल नहीं बना था। सड़कों पर महर्षियों जैसे लम्बी उम्रवाले दरख्त दीख पड़ जाते थे। जिन्दगी धीमी और सुलझी हुई थी। साल में तीन महीनों के लिए एक सिनेमा कम्पनी आ जाती थी और कभी-कभी कोई थियेट्रिकल कम्पनी भी। शहर में एक दैनिक था और वह अंग्रेजी में छपता था।

आज तो, जैसे, बड़े-से-बड़ा आदमी कोई मूल्य नहीं रखता। लेकिन तब था कि जयन्त की भी शहर में हस्ती थी। था तो वह शहर के एकमात्र दैनिक का प्रधान रिपोर्टर ही, लेकिन उसने अपना एक ऐसा स्थान बना लिया था, जो अनिश्चित होते हुए भी अस्वीकृत नहीं किया जा सकता था। लोग देखते थे और आश्चर्य करते थे : अनिमंत्रित होने पर भी सम्मानित, और अधिकार न रखने पर भी सम्भ्रम उत्पन्न कर सकनेवाला जयन्त शहर के सार्वजनिक जीवन का एक आवश्यक अंग बन गया था। उसके परिचितों और परिवारवालों को अपनी आँखों पर विश्वास न होता, जब वे देखते कि किसी सभा, उत्सव, या खेल में वह सबसे ऊँची जगह पर या सबसे अगली कतार में डटा हुआ है।

उस दिन भी जब रॉयल थियेट्रिकल कम्पनी का पहला शो होने जा रहा था तो लोगों को यह देखकर कम ताज्जुब नहीं हुआ होगा कि बड़े-बड़े अफसरों और पच्चीस रुपयेवाली सीटों के ड्रेस सर्किल के बीचोबीच जयन्त अपनी अमोघ मुस्कुराहट लिये कुछ इस तरह आकर बैठ गया, जैसे नाटक का आयोजन उसी के सम्मान में हुआ हो! जिन लोगों ने जयन्त को, ईर्ष्या और अवज्ञा के साथ, इस रूप में देखा था, उन्हें अगर यह मालूम होता कि रॉयल थियेट्रिकल कम्पनी के मालिक शापुरजी ने शहर में आने के बाद जो सबसे पहला काम किया था, वह था—शहर के एकमात्र दैनिक के प्रधान रिपोर्टर के साथ सम्पर्क स्थापित करना, तो उन लोगों को शायद और अधिक आश्चर्य होता। पर बात तो बिलकुल सच ही थी। और यह भी सच ही था कि वह अपनी इच्छा के विरुद्ध नाटक देखने चला आया था। पहले वह खोज-खोजकर नाटक देखता था। इसका स्वाभाविक परिणाम यह हुआ था कि उसे नाटकों से अरुचि हो गई थी। हिन्दी नाटकों को देखकर बड़े-बड़े नाटक-प्रेमियों का उत्साह ठंडा पड़ जाता है, जयन्त तो मामूली शौक रखता था। सो, आज घर से चलने के पहले काफी देर तक दुविधा में पड़ा रहा था कि कमरे में लेटा हुआ आराम से खुली हवा का मजा लेता रहे, या थियेटर

हॉल की खटमल भरी कुर्सी पर बैठे-बैठे नाटक कम्पनी को गालियाँ दे-देकर वक्त काटे? बहुत सोच-विचार कर उसने दूसरी बात ही चुनी थी। जयन्त, आप जानते हैं, काम नहीं रहने पर आराम तक को नापसन्द करता है, काम हो तो कष्ट भी सही।

और नाटक, जैसाकि उसे डर था, एकदम वाहियात था। वह फिर इसी उधेड़बुन में था कि घर में अकेले शाम गुजार देना अच्छा होता, या नाटक देखने आकर उसने अक्लमन्दी की थी? नाटक रद्दी था तो एक काम तो वह कर ही रहा था—कल अपनी आलोचना में कौन-से कटु शब्द और चाबुक-जैसे वाक्य वह लिखेगा, इसकी मानसिक रचना करता जा रहा था। और इसका उसे थोड़ा-सा सन्तोष जरूर था।

एक खास स्थल को देखकर उसने भिन्नाकर आँखें मूँद लीं और सिगरेट पीता रहा। वह मन-ही-मन खीज रहा था और हिन्दी के रंगमंच को चुने हुए शब्दों में कोस रहा था कि उसने आँखें खोलीं और उसका सारा ध्यान मंच पर अभिनीत होते हुए नये दृश्य पर केन्द्रित हो गया।

दयमन्ती वन में अकेली खड़ी है...राजा नल उसे सोती छोड़ चले गए हैं...वह जगने पर, अपने को परित्यक्त पाकर, कातर भाव से रो रही है...।

अब तक दमयन्ती पर ही सारा खेल टिका हुआ था—न दूसरे पात्रों के अभिनय में जान थी, न कथोपकथन में मार्मिकता, न घटना-प्रवाह में कोई रोचकता। दमयन्ती का भी अभिनय अब तक साधारण कोटि का ही था—हाँ, थोड़ी-सी सम्भावना उसमें जरूर थी और यह देखकर अफसोस होता था कि संचालकों ने क्यों नहीं उसका पूरा लाभ उठाया था। लेकिन यह क्या? दयमन्ती के रुदन का इतना मर्मस्पर्शी और सफल अभिनय कौन अभिनेत्री कर रही थी भला? जयन्त ने अचानक अपने गालों पर गीलापन अनुभव किया। अरे, वह रो रहा था! समूचे हॉल में बिजली से भरा तनाव-सा छा गया था। उसकी बगल में बैठी हुई एक महिला इस तरह रो रही थी कि उन्हें हिचकियाँ आने लग गई थीं। खुद जयन्त भी, नहीं चाहने पर भी, रोता जा रहा था।

जयन्त थोड़ी देर के लिए शिथिल घटनाक्रम, उबा देनेवाले दृश्य-परिवर्तनों और अस्वाभाविक वार्तालापों को भूल गया। वह निषध देश के राजा नल की परित्यक्ता सुकुमारी रानी दमयन्ती के दुर्भाग्य को अपना दुर्भाग्य ही मान चुका था। उसकी सारी वृत्तियाँ एकाग्र हो गई थीं। वह समय और स्थान का ज्ञान खोकर दमयन्ती का जीवन जी रहा था।...दृश्य खत्म हुआ। जैसे किसी ऊँची, बहुत ऊँची जगह से जयन्त गिर पड़ा। वह रूमाल से गाल पोंछने लगा तो पाया कि उसके आँसू सूख चुके थे। अब एक हास्य रस का दृश्य सामने था। जयन्त ने टॉर्च जलाकर प्रोग्राम देखा—मिस राजकुमारी दमयन्ती का पार्ट कर रही थी।

जयन्त ने इसी तरह राजकुमारी को पहली बार देखा था।

दूसरे रोज जयन्त ने अपने अखबार में दमयन्ती की जो आलोचना लिखी, वह कुल मिलाकर शापुर जी के लिए आशा से अधिक अनुकूल और लाभदायक थी। उसने राजकुमारी की अभिनय-कला पर तो गद्य काव्य ही लिख मारा था। दूसरे पात्रों तथा नाटक की और बातों के बारे में भी वह काफी नर्म पड़ गया था।

जब कम्पनी के दूसरे खेल 'सावित्री' का विज्ञापन हुआ, तो वह फिर पहली शाम को ही हॉल में उपस्थित था।

जयन्त ने महसूस किया, वह राजकुमारी की अभिनय-कला के सम्बन्ध में शायद आवश्यकता से अधिक आशाएँ लेकर आया था। इसी का परिणाम था कि उसे नाटक के प्रारम्भिक दृश्यों में राजकुमारी के अभिनय से बहुत निराशा हुई। एक तो राजकुमारी देखने में उस दिन की तुलना में असुन्दर-सी लग रही थी; दूसरे, उसका अभिनय भी आज बहुत शिथिल और साधारण था। तो क्या दमयन्ती का उस दिन का रोल अकस्मात् इतना प्रभावोत्पादक बन पड़ा था? राजकुमारी का उस दिन का अभिनय जयन्त के लिए चिरस्मरणीय अनुभव था। उसने विश्व के नाटक-साहित्य, कुशल अभिनेताओं की अभिनय-कला का अध्ययन किया था। इनके आधार पर उसने अभिनय-कला का जो कल्पित

आदर्श अपने मन में बना लिया था, उसकी सत्यता उस दिन कुछ क्षणों के लिए राजकुमारी के अभिनय में दीख पड़ी थी। उसी दिन उसने जीवन में पहली बार नाटक की सार्थकता का अनुभव किया था। उसके पहले उसने इस कला के सम्बन्ध में जो कुछ पढ़ा था, उसे कभी देखा या अनुभव नहीं किया था। इसे वह अपना दुर्भाग्य भी मानता था और कभी-कभी यहाँ तक सोचता था कि लिखनेवालों ने ही शायद अतिशयोक्ति से काम लिया हो। पर राजकुमारी ने अपने अभिनय के द्वारा उस दिन यह सिद्ध कर दिया था कि यदि अभिनेता प्रेरणा के आवेश में अभिनय करे तो इतिहास दर्शक के जीवन की घटना में अनूदित हो जा सकता है और कथा प्रत्यक्ष सत्य में परिवर्तित हो जा सकती है। राजकुमारी ने अपने अभिनय से यह कर दिखाया था और जयन्त बड़े विश्वास के साथ 'सावित्री' देखने आया था। किन्तु एक नवीन अनुभव पाने के बदले वह उबासियाँ ले रहा था।

जयन्त शायद अपने पहले दिन के अनुभव को भूल गया था। उस दिन भी तो उसे प्रारम्भ में इसी प्रकार की निराशा हुई थी! यह जरूर था कि वह उस दिन इसके लिए तैयार होकर आया था और अप्रत्याशित रूप से चमत्कृत होकर लौटा था, जबकि आज बड़ी उमंग से आया था और ऊब रहा था।

लेकिन उस दिन की तरह आज भी, खेल के बीच में, अचानक, राजकुमारी की अभिनय-कला अपनी पराकाष्ठा पर पहुँच गई...।

सत्यवान् मर गया है...निर्जन, डरावना जंगल...सावित्री विलाप कर रही है...।

और सावित्री, यानी राजकुमारी के साथ आज फिर हॉल रोया और जयन्त का रूमाल भीगा।

ऐसे दो-एक दृश्य देख लेने पर वह राजकुमारी के बाद के अत्यन्त साधारण अभिनय पर भी खीजा नहीं। उसने यह भी पाया कि ऐसे दृश्यों में राजकुमारी एकाएक असुन्दर से असाधारण सुन्दर भी लगने लगी और खेल के अन्त तक आकर्षक बनी रही।

पर्दा गिरने के बाद, हॉल के बाहर आने पर, इस परिवर्तन पर जयन्त ने खूब सोचा था। हॉल के बाहर लम्बे-चौड़े मैदान को अकेले पार करता हुआ जयन्त इस नतीजे पर पहुँचा था कि करुण रस का अभिनय देखकर उसकी अनुभूतियों का जो परिष्कार-सा हो गया था, उसी के फलस्वरूप वह राजकुमारी के प्रति इतना उदार हो सका होगा। राजकुमारी के प्रति ही क्यों, उसका अभिनय देखकर हॉल के बाहर निकलने के समय वह किसके प्रति उदारता का अनुभव नहीं कर रहा था भला! उसने कॉलेज में अंग्रेजी साहित्य के अध्ययन के सिलसिले में अरस्तू के रेचनवाद के बारे में जो इतना पढ़ा-सुना था, उसके प्रकाश में वह अपने अनुभव को परख रहा था। उसने अपने अध्यापकों के करुण रस से आनन्दानुभूति के सम्बन्ध में विद्वत्तापूर्ण विवेचन सुने थे, पर आज तक उसके लिए वे सिद्धान्त, सिद्धान्त-मात्र ही थे। आज उसने एक बड़े सूक्ष्म सिद्धान्त को वास्तविकता के रूप में अनुभूत किया था। उसे लग रहा था, शहर के फेफड़े, उस खुले मैदान की तरह उसका अन्तःकरण भी मुक्त, निर्मल था। वह अपने को घंटे-दो घंटे पहले से कहीं अच्छा, पवित्र, बड़ा महसूस कर रहा था। वह राजकुमारी की कला का कायल ही नहीं था, कृतज्ञ भी था। आलोचक और पत्रकार जयन्त सन्तुष्ट था तो व्यक्ति और मानव जयन्त आयातित।

राजकुमारी की अभिनय-कला पर दूसरे दिन जयन्त ने एक दूसरा लेख लिखा—पहले से कहीं अधिक प्रशंसात्मक, कवित्वपूर्ण।

तब, तीसरे खेल सीता या चौथे खेल लैला-मजनू के बाद की बात है। जयन्त अपने को रोक नहीं सका। खेल खत्म हो जाने के बाद उसने ग्रीन रूम के चपरासी से राजकुमारी के पास अपना कार्ड अन्दर भिजवाया। राजकुमारी ने अवश्य उसके लेख देखे होंगे : उसने जयन्त को अन्दर बुलवा लिया।

जयन्त ने यह इच्छा प्रकट की कि वह राजकुमारी का इंटरव्यू लेना चाहेगा। राजकुमारी ने यह सधन्यवाद स्वीकार कर लिया और दूसरे रोज सुबह होटल में, जहाँ वह ठहरी थी, चाय पर उसे बुलाया।

जयन्त जैसे मिलनसार आदमी के लिए इससे अच्छा अवसर क्या हो सकता था? जयन्त इंटरव्यू के लिए गया और फिर आने के लिए आमंत्रित होकर लौटा।

जयन्त और राजकुमारी घनिष्ठ मित्र बन गए, जिसके मानी यह होते हैं कि घनिष्ठ परिचय के साथ एक-दूसरे के प्रति विरक्त होने के बदले सम्मान का भाव बढ़ता गया। जयन्त नाट्यकला का प्रेमी था और राजकुमारी जन्मजात अभिनेत्री। जयन्त उन दिनों अक्सर राजकुमारी के यहाँ देखा जा सकता था, और कहना अनावश्यक है, उसके मित्र अकारण तो नहीं, पर सर्वथा निराधार व्यंग्य किया करते थे।

शहर के रईसों की दिलचस्पी खूबसूरत, पर अभिनय-कला से कोरी एक्स्ट्राज पर केन्द्रित रहती थी, क्योंकि राजकुमारी में असाधारण अभिनय-प्रतिभा रहने के बावजूद वह आकर्षण नहीं था जो नाटक के धनी प्रतिपालकों की आँखों में अभिनेत्री का सबसे आवश्यक गुण होता है। फलत: राजकुमारी को काफी फालतू वक्त रहता था और जयन्त को धीरे-धीरे इतना अधिकार मिल गया था कि वह इस वक्त में से जितना चाहे, ले लिया करे। जयन्त की दृष्टि में राजकुमारी अपूर्व सुन्दरी थी, क्योंकि वह श्रेष्ठ कलाकार थी, किन्तु उसका सम्बन्ध मित्रता की परिधि लाँघकर कभी आगे नहीं बढ़ा। राजकुमारी ने कभी उत्साहित नहीं किया, और जयन्त मित्रता से सन्तुष्ट था। राजकुमारी का स्वभाव इतना गम्भीर था कि एक दिन अचानक ही उसके मुँह से अपने आठ साल के बच्चे की बात निकल गई, जो देहरादून में पढ़ता था, नहीं तो वह व्यक्तिगत बातों की चर्चा तक से दूर भागती थी। यों, वह हँसती और अक्सर हँसती, तो उसकी खूबसूरती उसी तरह दुगुनी हो जाती, जिस तरह नाटक के करुण रस का अभिनय करते वक्त भी हो जाती थी। जयन्त पहली बात तो समझ सकता था, लेकिन दूसरी उसके लिए एक रहस्यपूर्ण बात थी, जिसे लेकर वह जाने कितनी बार राजकुमारी के साथ विचार कर चुका था। राजकुमारी इस सिलसिले में जो कहती थी,

उसका निचोड़ यही था कि वह 'दमयन्ती' या 'सावित्री' का पार्ट करते-करते सचमुच दमयन्ती या सावित्री बन जाती थी। वह जब उनके हृदय के भावों को अपने हृदय में पा लेती थी, तभी वह अपनी सफलता मानती थी और जयन्त भी, शायद यही मानता हो।

और तभी एक दिन सुबह के वक्त जब जयन्त धड़धड़ाता हुआ राजकुमारी के होटल के सूट के बैठनेवाले कमरे में पहुँचा तो राजकुमारी को सिसकते हुए देखकर स्तब्ध रह गया। राजकुमारी सिसक रही थी, पर इतनी विह्वलता से कि वह फूट-फूटकर रोने से भी अधिक हृदयद्रावक था। राजकुमारी ने जयन्त की तरफ देखा तक नहीं। जयन्त खड़ा रहा। पहले क्षण में उसके हृदय में जो सहानुभूति का ज्वार उमड़ा था, वह अब उसके लिए दुर्वह-सा होता जा रहा था। आज दमयन्ती या सावित्री नहीं रो रही थी, खुद राजकुमारी रो रही थी। उसके हृदय में बहुत-बहुत सहानुभूति थी, पर उसके साथ दूसरी भावना थी, जो सहानुभूति के साथ टकरा-टकरा-सी जा रही थी!

राजकुमारी के रोने में सदैव एक त्रासदिक गरिमा-सी रहती थी। रोने में त्रासदिक गरिमा होती है—जयन्त ने यही पढ़ा-सुना था—भवभूति, कालिदास। राजकुमारी के अभिनय में उसने इसका प्रत्यक्ष अनुभव भी किया था। और राजकुमारी रो रही थी तो आज ही। आज अभिनय नहीं, सच का रोना था। लेकिन क्या असली आँसू जुगुप्सा उत्पन्न करनेवाले गले के स्वर के बिना आँखों से निकल ही नहीं सकते? राजकुमारी सिसकती जा रही थी और उसके गले में एक अजीब घबराहट पैदा हो रही थी। उसके होंठों के छोरों में थूक निकल आता था। ऐसे गहरे, टूटे श्वास-प्रश्वास उसकी तकलीफ को हास्यास्पद बना रहे थे। राजकुमारी के रूप में—उस नारी के रूप में जो वस्तुत: वह थी—राजकुमारी का रोना घिनौना हो उठा था। जयन्त का रोम-रोम इस वास्तविक और अनाटकीय करुणा के दृश्य से घृणा और तिक्तता से भर गया। रोना इतना कुरूप भी हो सकता है! जयन्त का दम घुट रहा था। वह

राजकुमारी के विद्रूप मुँह की ओर देर तक नहीं देख सका। उसकी नजर मेज पर रखे एक तार पर पड़ी। कुछ ही शब्द थे :

'कल बच्चा मोटर से दबकर मर गया। अपार खेद।'

...जयन्त न होता तो राजकुमारी ने आत्महत्या कर ली होती। वह उसे अपने साथ उसकी माँ के पास देहरादून पहुँचा आया था।

जयन्त के लिए नाट्यकला एक वर्जित विषय है।

बिस्किट और पापड़

स्टेशन के पास, दाईं तरफ, रेलवे की गुमटी है। उसके बारे में दैनिक पत्रों के 'पाठकों की चिट्ठियाँ' वाले स्तम्भ में अक्सर शिकायतें छपती हैं—'गुमटी का फाटक बेवजह और बहुत देर-देर तक बन्द रहता है; आने-जानेवालों की सुविधा का खयाल नहीं किया जाता', इत्यादि। पर मैं इस गुमटी को मिश्रित अभिशाप ही मानता हूँ।

यह नहीं कि गुमटी के कारण मुझे असुविधा नहीं उठानी पड़ी हो, या कि रेलवे के कुप्रबन्ध पर मैं झल्लाया न होऊँ, और सम्पादक के नाम वह चिट्ठी लिखने का मैंने निश्चय न किया हो, जो आज तक लिखी न गई। पहले तो कोई किराये की सवारी उधर जाने के लिए नहीं मिलती। अगर कोई सवारी मिली भी तो अक्सर होता यह है कि मुझे गुमटी के पार जाने की जितनी शीघ्रता रहती है, उसके प्रतिकूल अनुपात में गुमटी के दरबान को इत्मीनान रहता है। गुमटी के उस पार किसी के यहाँ दोपहर का खाना है। खाना बारह बजे है। घर से चला मैं दो बजे। ऐसी हालत में गुमटी बन्द न मिले, यह आज तक नहीं हुआ। इसी तरह जब ट्रेन का समय हो गया हो, डाक्टर के यहाँ जल्द-से-जल्द पहुँचना हो, या कोई दूसरा बहुत जरूरी काम हो, तो दूर

से ही अपने साथ शर्त बदता हूँ कि देख लेना, गुमटी बन्द न मिली तो! और हर बार मैं अपने से जीता हूँ।

फिर भी मुझे विश्वास है, जिस दिन गुमटी के नीचे से या ऊपर से आने-जाने का रास्ता रेलवे अधिकारी बना देंगे, उस दिन मुझे थोड़ा अफसोस तो जरूर होगा! गुमटी वाली सड़क पर दिन-रात व्यस्त आदमियों की धारा बहती ही रहती है। उस धारा को लोहे का फाटक बाँध बनकर रोक देता है। तब गति के अवरोध से खीज उठना स्वाभाविक ही है। पर कभी-कभी अतिशय व्यस्तता के बीच जो स्थिरता प्राप्त होती है, उसके सहारे मैंने यह भी अनुभव किया है कि मेरी व्यस्तता और शीघ्रता आखिर व्यर्थ ही तो थी।

स्थिरता के इन दुर्लभ क्षणों में आदमी को आदमी के रूप में देखने का मौका भी मिलता है। सड़क पर प्रवाहित होनेवाली धारा अलग-अलग व्यक्तित्व रखने वाले अंशों में बिखर जाती है। एक-से दीखनेवाले लोगों में इतनी विविधता हो सकती है, यह इसी स्थल पर मैंने देखा है।

और उस दिन तो, रिक्शे पर बैठे-बैठे, एक छोटा पर पूरा एकांकी नाटक ही, सड़क की बाईं पटरी पर, देख गया—बिना पर्दों का, बिना पैसों का, जीवन का नाटक...।

मेरे रिक्शे से कुछ ही दूर, सड़क की पटरी पर, दो बच्चे टाट बिछाकर बैठे हुए थे। बच्चे किसी शरणार्थी पंजाबी परिवार के रहे होंगे। एक के सामने, जो मेरी ओर से पहला था, एक टिन का डिब्बा था जिसमें बिस्किट रखे हुए थे। लड़का बहुत चुस्त, फुर्तीला, आत्मविश्वास से भरा हुआ था। 'बिस्किट ले लो—दो पैसे में चार बिस्किट ले लो'—यह निरन्तर कहता जा रहा था। वह नौ-दस साल का होगा। स्वस्थ शरीर, लम्बी नाक, छोटी सजग आँखें, नुकीली ठुड्डी। वह जीवन में बहुत आगे बढ़ सकेगा, यह भविष्यवाणी करने के लिए ज्योतिष का ज्ञान आवश्यक न था। उसने देखते-देखते अपने सामने के डिब्बे के बिस्किट बेच डाले। उसकी व्यवहार-कुशलता देखकर मैं विस्मित

था। उसकी रंगीन कमीज की ऊपरी जेब पैसों से भरकर नीचे की ओर लटक गई थी। उसने पीछे रखे हुए दूसरे डिब्बे को सामने किया। उसकी आवाज में थकावट न थी। वह दूने उत्साह से अपने रोजगार का नारा लगा रहा था : 'दो पैसे में चार बिस्किट...।'

लोग झूठ नहीं कहते कि हमारे शहर के सबसे बड़े सेठ जी सिर्फ एक लोटा लेकर मारवाड़ से आए थे। यह लड़का कल अपनी छोटी दुकान करेगा, दो रोज बाद बड़ी दुकान खोल देगा, किसी दिन किसी मिल और आलीशान कोठी का मालिक बनकर रहेगा। तब वह गर्व से कह सकेगा—मैंने अकेले, बिना किसी पूँजी के, जो कुछ किया, किया!

बगल में, उससे उम्र में कुछ ही कम, दूसरा लड़का बैठा था। दोनों भाई रहे होंगे। इतनी समानता दोनों में थी। उसके सामने एक चँगेली में तले हुए पापड़ थे। उसकी पुकार थी : 'पैसे-पैसे पापड़ ले लो।' दोनों एक ही साँचे में ढले थे। और फिर भी दोनों की शारीरिक बनावट में काफी अन्तर था। छोटा लड़का बहुत ज्यादा दुबला-पतला था। उसकी आँखें बड़ी-बड़ी थीं। शरीर की कृशता के कारण बहुत बड़ी लगती थीं। चौड़ा माथा, गोल ठुड्डी। वह आतंक और विस्मय से भरी आँखों से बड़े भाई की ओर देखता और फिर अपनी क्षीण और मधुर आवाज में पापड़ बेचने लगता। मैं जब तक वहाँ था, उसने एक पापड़ बेचा था। वह कभी भाई की मुद्रा देखता, कभी रेल की लाइन की ओर। कभी चँगेली के पास पड़ी कैलेंडर से काटी हुई तसवीरों की ओर देखने लगता, फिर, जैसे याद आने पर 'पैसे-पैसे पापड़... ' करने लगता। उसकी चँगेली भरी-की-भरी पड़ी थी। वह चँगेली देखता और उसके चेहरे पर उदासी छा जाती। वह चँगेली से ज्यादा रेल की लाइन पर खड़े डिब्बों को देखता। उस समय उसकी आँखों में कौतूहल झलक उठता। वह बार-बार चँगेली के पास रखी तसवीरों को उलट-पलटकर देखता। उसके पतले, सूखे लाल होंठों पर मुस्कुराहट दौड़ जाती। फिर चौंककर डरी, थकी आवाज में वह पुकारने लगता : 'पैसे-पैसे...'

बड़े भाई को अपने काम से फुर्सत न थी। उसने सिर्फ एक-दो बार डाँट लगाई थी। 'ठैर, बाबूजी के आने पर कैता हूँ!' तब एकबारगी छोटा और भोंदू लड़का जोर से चिल्लाने लगता : 'पैसे-पैसे...' और फिर खाँसने लग जाता और उसकी आँखें भर आतीं। वह अपनी बहुत ढीली, पुरानी कमीज के छोर से आँखें पोंछ लेता और रेल के डिब्बों या तसवीरों की तरफ बरबस ललचाई निगाहों से देखने लगता...।

सात-आठ मिनट बीत गए होंगे। गुमटी अभी तक खुली नहीं थी। शंटिंग हो रही थी। मेल का वक्त था। शाम हो चली थी...।

मैंने फुटपाथ के उस रंगमंच की तरफ फिर देखा। दोनों लड़के खड़े हो गए थे। एक अधेड़ पुरुष बड़े लड़के से बातें कर रहा था। छोटा लड़का समीप ही खड़ी स्त्री से चिपका जा रहा था। माँ-बाप बच्चों को घर लिवा जाने को आ गए थे।

बड़े लड़के ने पिता के हाथ पर गिन-गिनकर पैसे रखे। बड़े पुत्र की आँखों में गर्व और पिता के मुख पर सन्तोष झलक रह थे। पिता ने सावधानी से पैसे जेब में रखे। उसने बड़े बेटे की पीठ थपथपा दी। फिर उसने कठोर स्वर में छोटे लड़के से पूछा, 'क्यों बे...?' लड़के ने निगाह नीची किये ही, झिझक के साथ, जेब से दो-चार पैसे निकालकर पिता की तरफ बढ़ा दिये। मैं डर गया। यह लड़का ताड़न का अधिकारी तो था ही। पर नहीं। पिता समझदार था। उसने अपने छोटे लड़के की तरफ फिर देखा तक नहीं। मैं उसके प्रति कृतज्ञता से भर उठा।

पिता ने अपने बड़े पुत्र की उँगली पकड़ी और स्निग्ध स्वर में कहा, 'चल, तेरे लिए मिठाई ले दूँ।' उसने चलते-चलते अपनी पत्नी से कहा, 'तुम दोनों जरा यहीं ठैरना। हम अभी आए।'

आदमी पढ़ा-लिखा नहीं जान पड़ता था, लेकिन कसूरवार और काम से जी चुराने वाले बच्चे को दंडित करने का उसका तरीका सर्वथा आधुनिक, मनोवैज्ञानिक था। छोटा लड़का निगाह नीची किये खड़ा था। उसका सिर एक

ओर झुक गया था। मैं नहीं समझ पा रहा था कि क्रोध में आकर दो तमाचे लगा देना अच्छा है, या इस प्रकार का मनोवैज्ञानिक दंड देना?

पिता अपने लाड़ले बच्चे के साथ चला गया तो माँ ने छोटे लड़के का सिर सहला दिया। फिर उसे कुछ पैसे देती हुई बोली, 'देख, वो आइसक्रीम वाला है, दौड़कर ले ले। मैं सामान ठीक करती हूँ।'

लड़के की आँखें और होंठ मुस्कुरा पड़े। वह आइसक्रीम वाले तक दौड़ता हुआ गया। उसने उस बक्सनुमा पीली गाड़ी को देखा, जिसमें ठंडी-मीठी आइसक्रीम होगी। फिर उसकी नजर पास ही फुटपाथ पर फैली किताबों पर पड़ी, जिन्हें दुकानदार एक-एक कर उठा रहा था और बक्स में डालता जाता था। बच्चे ने उससे कुछ कहा। उसने दुकानदार को पैसे दिये। वह एक किताब लेकर उछलता-कूदता माँ के पास लौट आया।

माँ अपने बच्चों की छोटी-मोटी दुकान समेट रही थी। उसने घूमकर देखा तो लड़के ने उसकी ओर किताब बढ़ा दी और कहा, 'ये दूसरी किताब खरीदी है। पहली खत्म कर ली जो।'

'पागल कहीं का!' माँ ने कहा और सामान ठीक करने लगी। वह शायद एक बार अपने दुपट्टे के छोर को आँखों के पास भी ले गई...।

मैं यह ठीक-ठीक न देख पाया, क्योंकि इसी समय मेल विद्रूप अट्टहास करती हुई आई और चली गई।

किले का गाइड

सुबह होटल का ब्वॉय मेज पर लाल गुलाब का फूल रख गया था : इशारा था कि मुझे होशियार रहना चाहिए। पार्टी का खुफिया विभाग बहुत अच्छी तरह संगठित था। उसे डर था, उस पर पुलिसवालों की निगरानी थी। मैं दिन भर उस कमरे में ही रहा। मैनेजर को खबर कर दी थी कि तबीयत ठीक नहीं, खाना कमरे में ही खाऊँगा।

शाम को डाक्टर हैदर आए। डाक्टर हैदर पार्टी के सदस्य तो नहीं थे; लेकिन सहानुभूति रखनेवाले विश्वासपात्र सहयोगी थे। उन्होंने कहा—चलो, सैर कर आएँ। उन्होंने यह कहते हुए मेरा हाथ दबा दिया था, इसलिए कुछ और पूछने की जरूरत न थी।

डाक्टर हैदर के साथ ही मुशायरे में चला गया था। कोई ऑल इंडिया मुशायरा था। कहने का मतलब, अच्छा-खासा मुशायरा था। बड़ा मजा आया। आप भी मानेंगे, कवि-सम्मेलनों और मुशायरों में मजा आता ही है।

खास बात यह हुई कि एक साहब का नाम सदर ने लिया तो वातावरण में दो परस्पर-विरोधी प्रतिक्रियाएँ टकरा-सी गईं। मंच पर बैठे शायरों में से कुछ ने तो दबी जबान से तौबा-तौबा तक कह डाला। उधर नीचे बैठे श्रोताओं

ने उसी शायर का वह स्वागत किया कि कोई दो मिनटों तक वह इधर-उधर झुक-झुककर सलाम ही करता रहा।

मेरी दिलचस्पी बढ़ी। नाम ठीक-ठीक सुन नहीं पाया था। डाक्टर हैदर से धीरे से पूछा, तो उन्होंने भी नाक-भौंह सिकोड़कर कहा, 'लोफर है। मंजूर आलम नाम है। शैदा तखल्लुस करता है।'

और, शैदा साहब ने अपनी नज्म पढ़ी। फिर दूसरी नज्म। और बैठने चले तो वह गुल-गपाड़ा कि जनाब सदर को और सुनाने के लिए कहना ही पड़ा। शैदा साहब की शायरी के बारे में क्या कहूँ! बस, इतना जान लीजिए कि शायरों के बदले सुननेवालों के साथ ही मेरी सहानुभूति थी। यह भी है कि एक बार जब शैदा साहब का जादू खत्म हो गया, तो उन्हें जरा गौर से देखने पर यह मानना ही पड़ा कि होंगे जनाब लोफर।

इन्हीं शैदा साहब से दो-तीन दिनों के बाद सर्वथा भिन्न परिस्थिति में मुलाकात हो गई। उस वक्त शैदा विजयी कवि के रूप में नहीं थे, हारे हुए इनसान थे।

शाम को किले से ताँगे पर वापस आ रहा था। किले से कुछ ही फासले पर एक आदमी ने ताँगा रुकवाया और कहा—एक आदमी बेहोश हो गया है। मुझे उज्र न हो तो उसे भी ताँगे पर ले लूँ। देख लेना जरूरी था—कहीं कोई पुलिस का आदमी तो स्वाँग नहीं रचे हुए था? लेकिन नहीं। अरे, ये तो शैदा थे! मैंने उन्हें ताँगे पर बड़ी खुशी से ले लिया। तब तक उनकी बेहोशी दूर हो चुकी थी।

मैंने देखा था, आदमी लोफर हो या नहीं, शायर जरूर था। उनकी शायरी सुन ही चुका था। अब जरा नजदीक से शक्ल-सूरत भी देखी। मरम्मत किये हुए हैट, पैबन्द लगे सूट और सुनहली कमानीवाले चश्मे के बाद भी उनके व्यक्तित्व में कुछ था, जिसे कहूँ कि मैं देख सका। अजीब औरतों जैसी बड़ी आँखें थीं और पतली सुडौल भौहें। शक्ल से कोई शायर हो सकता है तो वह थे, कपड़े से चाहे वे जो दीखते हों।

और मैंने इससे भी ज्यादा देखा। मैं खुद फरार था और कई-कई रोज फाकाकशी करने का तजुर्बा हासिल कर चुका था। उस हालत में अपने साथियों को देखने का भी मौका पा चुका था। मैं अपने उस तजुर्बे से कह सकता था कि शैदा कम-से-कम तीन दिनों से भूखे थे। मैंने पहली चाय की दुकान पर ताँगा रुकवाया। उनसे कहा, 'शैदा साहब, आपकी सेहत कुछ खराब है। चलिए, चाय तो पी लें।'

शैदा साहब ने मेरे धोती-कुर्ते को देखा, फिर कहा, 'मेहरबानी।'

शैदा को आगे मैंने वहाँ उतार दिया, जहाँ उन्होंने बहुत-बहुत शुक्रिया अदा करते हुए उतरना चाहा। शैदा ने ताँगे से उतरते हुए कहा था, 'फिर मिलेंगे।' कहा उन्होंने शिष्टाचार के नाते ही था लेकिन इत्तिफाक की बात कि उनसे दूसरे रोज फिर मुलाकात हो ही गई।

मैं दूसरे दिन बारह बजे के करीब किले पर पहुँचा, तो गाइड लोगों ने घेर लिया। उन्हीं के बीच देखा तो शैदा भी मुस्कुरा रहे थे। बड़े तपाक से मिले और जब उनके दूसरे साथी आप-ही-आप खिसक गए, तो साथ-साथ अन्दर चले। कुछ देर साथ घूमते रहने के बाद शैदा मुझे छोड़कर बाहर चले गए। मैं एक तरफ बैठकर स्केच करता रहा। कोई आध घंटे के बाद देखा, शैदा एक अंग्रेज दम्पती के साथ आ रहे थे। उन्होंने इशारे से मुझे पास बुला लिया और मैं उनके साथ-ही-साथ समूचे किले में घूमा। मैं कई बार बड़ी दिक्कत से अपनी हँसी रोक पाया था। शैदा ने ऐसी-ऐसी कहानियाँ सुनाईं कि अंग्रेज दम्पती इतना भावुक हो गया, जितना कोई अंग्रेज दम्पती हो सकता है। शैदा के वर्णन-विवरण में इतिहास प्राय: कुछ नहीं था, कहानी-कला अलबत्ता बहुत उच्च कोटि की थी! मेरे सामने उन्हें अंग्रेज दम्पती से एकदम बीस रुपये मिले। शैदा ने तीन रुपये मना करते-करते भी चाय पर खर्च कर दिये और शाम तक मेरे साथ बने रहे।

मैं करीब-करीब रोज ही किले जाता था। दिन में मेरे लिए वह सबसे सुरक्षित और मनोरंजक स्थान था। और सबके ऊपर तो शैदा का

आकर्षण था। अकेले और खाली रहते, तो शैदा उर्दू के अपने तथा दूसरे शायरों के अशआर सुनाते रहते, कोई साथ में किला दिखाने के लिए ले लेता, तो फिर उनकी किस्सागोई के मजे लेता रहता। सेठ साहब हैं तो उनके धरातल पर आकर उलटी-सीधी, पर दिलफरेब बातें; कोई अमेरिकन हो, तो फिर उसकी मनोवृति के अनुकूल बातें। मैंने देखा था, एक-एक दिन में शैदा पचास-पचास रुपये तक फटकार लेते थे। ऐसा भी कभी-कभी हो जाता था कि दिन भर बेकार ही रह गए और मेरे साथ बातें करते रहे।

एक बात शैदा के बारे में अजीब पाई। पचास रुपये मिले तो क्या, और दो मिले तो क्या, उनके हैट, सूट और चश्मे में कभी कोई परिवर्तन नहीं हुआ। उनके अन्न के भूखे शरीर में कभी थोड़ी-सी भी ताजगी नहीं आई। मुझे तो शक था कि मेरे साथ अपने पैसों से या मेरे खर्च पर जो चाय-बिस्कुट खाते थे, वही सम्भवत: उनका पूरा-पूरा भोजन हो जाता था, और यह भी नहीं कि शैदा कंजूस हों। पैसे पास में रहते थे, तो जबरदस्ती चाय-शर्बत पिलाते थे, ताँगे का भाड़ा तक देने की कोशिश करते थे, हालाँकि इसके लिए मैं कभी राजी न हुआ।

शैदा से धीरे-धीरे इतनी बेतकल्लुफी हो गई थी कि एक दिन मैं कह ही तो बैठा, 'यार, बुरा न मानने का वादा करो, तो एक बात कहूँ? अब इस सूट और हैट को तो किले के म्यूजियम के हवाले कर दो।'

शैदा की सारी चुलबुलाहट इस तरह गायब हो गई कि मुझे बड़ा अफसोस हुआ कि उनसे क्या कह बैठा। उन्होंने ही बात सँभालते हुए कहा, 'कहते तो ठीक हो पाठक, लेकिन क्या बताऊँ तुम्हें! खैर, देखो, किसी रोज..।'

अब हिम्मत न थी कि इस सम्बन्ध में मैं और कुछ कहता, इसलिए दूसरी बातें करने लगा कि शैदा अपनी तकलीफ भूल जाएँ। और, मैं शैदा की तारीफ करूँगा कि कुछ ही क्षणों में उनके मुख से अवसाद की छाया गायब हो गई और वे फिर हँसने-हँसाने लगे।

उसी दिन दोपहर की बात है। किले में दोपहर के बाद भीड़ बिलकुल नहीं रह गई थी। शैदा फाटक की ओर से आते दीख पड़े, तो मैंने जाकर कहा, 'एक चीज देखोगे? बिलकुल शायरों के देखने काबिल नज्जारा है।'

'हाँ,' शैदा ने कहा और मेरे साथ हो लिये।

किले के एक सुनसान कोने में, जहाँ यों ही बहुत कम लोग पहुँचते थे, उन्हें एक खम्भे की आड़ में ले जाकर दिखाया, किस तरह एक युवक और युवती संगमरमर के पट्टे पर कबूतर के जोड़े की तरह घुल-घुलकर बातें कर रहे थे। हम खम्भे की आड़ में थे और वे हमें नहीं देख सकते थे, लेकिन हम उनसे ज्यादा फासले पर न थे और उन्हें अच्छी तरह साफ-साफ देख सकते थे। युवक अंग्रेजी लिबास में था और युवती भी पढ़ी-लिखी अत्याधुनिक मालूम पड़ती थी। उनके चेहरों पर जो राग-अनुराग की लहरें दौड़-दौड़ जाती थीं, उनके आधार पर मैंने एक बड़ी रूमानी कहानी गढ़ ली थी। मुझे उम्मीद थी कि शैदा उछल पड़ेंगे और चुप न कराऊँगा तो वहीं शायरी करने लगेंगे। लेकिन शैदा ने यह सब कुछ नहीं किया। कुछ देर तक तो खड़े रहे, फिर वहाँ से घसीटकर लौटा लाए।

वहाँ से कुछ दूर हट जाने के बाद उन्होंने बड़ी दार्शनिकता से कहना शुरू किया, 'पाठक, तुम्हारा क्या खयाल है? यही न कि ये बीसवीं सदी के और कामयाब लैला-मजनू हैं?' यह कहते हुए कुछ इस तरह हँस पड़े कि उनके रूखेपन पर मैं तो एक बार झल्ला उठा। उन्होंने फिर कहना शुरू किया, 'मुहब्बत क्या होती है, देखना चाहते हो पाठक, तो आओ मेरे साथ।'

और शैदा मुझे किले के एक दूसरे एकान्त कोने में ले गए। मैंने खम्भे की आड़ से ही देखा, एक बेंच पर एक अधेड़ पारसी सज्जन बैठे हुए थे। उनकी बगल में रबर के तकिये के सहारे एक अधेड़ पारसी स्त्री बैठी थी जो बीमार-सी लगती थी। पारसी सज्जन उस महिला को अपने हाथ से खाना खिला रहे थे।

कुछ देर के बाद हम वहाँ से भी हटे और लॉन में बैठकर सिगरेट पीने लगे। शैदा कह रहे थे, 'इस पारसी को देखते हो? यह शहर का सबसे बड़ा डाक्टर है। पारसाल इसने इस औरत से शादी की है। दोनों की मँगनी मुद्दत पहले हो चुकी थी। लेकिन डाक्टर का कहना था कि वह तब तक शादी नहीं करेगा, जब तक उसकी माँ जिन्दा है। वजह यह थी कि वह अपनी मुहब्बत माँ और बीवी में बँटने नहीं देना चाहता था। है तो पागलपन ही, लेकिन यों भी मुहब्बत पागलपन के सिवा और है ही क्या? और माँ को खुदा ने काफी लम्बी जिन्दगी बख्शी थी। तीसरे साल वह मरी, तो डाक्टर ने पारसाल शादी की। लोगों का कहना है कि डाक्टर माँ की वह खिदमत करता था कि कोई क्या करेगा। और इसी इन्तजार और माँ की खिदमत में वह खुद तो बूढ़ा हो ही चुका था, उसकी होनेवाली बीवी तो एकदम बीमार हो गई। बीमारी की हालत में ही इनकी शादी हुई। हर हफ्ते आज के दिन ये यहाँ आते हैं और इसी तरह बीते वक्त को पकड़ने की कोशिश करते हैं।...खैर, चलो, अब चलें, देर हो रही है। आज तुम्हें मेरे साथ चलना है।'

शैदा ने पूछने तक का मौका न दिया कि कहाँ चलना था। रास्ते में पूछने का काफी मौका था, इसलिए मैं चुप रहा। शैदा ने कहा, 'देखो, मैं किले का गाइड हूँ, लेकिन तुमने मुझे कभी किला दिखाने नहीं दिया। आज मुहब्बत का गाइड बना हूँ तो तुम्हारा तजुर्बा पूरा करके छोड़ूँगा, क्यों?'

शहर में आने पर जिस मुहल्ले में ताँगे ने मोड़ लिया, उसमें एक दिन मैं पहले भी आया था। मुहल्ला वेश्याओं का था और एक दिन एक खास काम से उधर मुझे जाना पड़ गया था। उसी मुहल्ले की एक गली में शैदा ने ताँगा रुकवाया और झिझक दबाकर जब मैं उतरा, तो उन्होंने एक मकान की ओर इशारा करते हुए कहा, 'चले आइए इधर, यहाँ नाचीज का गरीबखाना है।'

मकान बाहर से गन्दा था और नीचे बदबू थी। लेकिन ऊपर का बड़ा कमरा, जिसके सामने छज्जा था, ढंग से और अच्छी तरह सजा हुआ था। इस तरह के कमरे इस मुहल्ले में करीब-करीब सभी घरों में होंगे। शैदा ने

मुझे बैठाया ही था कि हमारे आने की आवाज सुनकर बगल की कोठरी से वही युवती निकली, जिसे मैंने किले में कुछ घंटे पहले शैदा को दिखाया था।

'बेगम साहिबा से मुलाकात कीजिए, पाठक साहब!' शैदा ने जैसे बेजान चेहरे के साथ कहा।

मैं घबरा उठा, जैसे-तैसे आदाब किया। क्या कहूँ, क्या न कहूँ, सोच ही रहा था कि शैदा ने फिर कहा—इस बार अपनी बीवी से, 'ये रुपये रखो।'

उसने रुपये गिने, फिर बड़े कर्कश स्वर में कहा, 'कुल दस रुपये? मुझे पचास रुपये मिले आज।...आप कौन हैं?'

'आप मिल गए थे किले में।'

शैदा ने जरा ठहरकर फिर कहा, 'आज अपने दोस्तों के साथ तुम्हारा मुजरा कराना चाहते हैं।' फिर शैदा ने मुझसे कहा, 'जनाब, बीस रुपये पेशगी नजर करने पड़ेंगे, तब शाम के वक्त खाली रहेंगी।'

मैंने तुरन्त रुपये दे दिये और शाम को आने का वादा कर बाहर निकला। शैदा साथ में बाहर आए और कहा, 'बुरा न मानना, पाठक। रुपये वापस कर दूँगा। पूरी-पूरी तसवीर दिखानी थी तुम्हें...'

मैं कह नहीं सकता कि मुझे खुशी है या अफसोस कि मुझे दूसरे रोज ही सफेद गुलाब का फूल मिला और तुरन्त शहर छोड़ देना पड़ा।

चावल के दाने

उस दिन ढोर चराते-चराते उनकी रखवाली करनेवाली सुजाता स्वयं ही खो गई। सुजाता को उसके माँ-बाप ढोर चराने के लिए भेजते हों, ऐसी बात नहीं। वह अपने माँ-बाप की लाडली है! वे सुजाता को प्यार से पगली बिटिया कहकर पुकारते हैं। वे नहीं चाहते कि सुजाता जंगल में मारी-मारी फिरे, लेकिन उसका हठ था कि वह ढोर चराने जाएगी और जरूर जाएगी। चरवाहों को सुजाता के माँ-बाप रोज ही एक बार सावधान कर देते थे कि वह कहीं इधर-उधर न भटक जाए। आज सुजाता भटक ही गई थी।

चरवाहों को काटो तो खून नहीं। यह सुजाता जाने कब किधर निकल गई थी कि किसी को कुछ पता ही नहीं। अभी-अभी वह अपने हमजोलियों के साथ तो थी। उसकी अन्तरंग सखियाँ थोड़ी देर पहले तक उसके साथ आँखमिचौनी खेल रही थीं। सुजाता एक बार छिपी तो ऐसी छिपी कि सखियाँ ढूँढ़कर थक गईं, पर उसका कहीं पता न चला। तभी उन्होंने घबराकर चरवाहों को खबर की थी। अब तो वे भी चारों ओर तलाश करने के बाद लौट चुके थे। उन्होंने डरते-डरते यही निश्चय किया कि चलकर मालिक को सूचना दें।

सुजाता के पिता कभी चरवाहों को डपटते, कभी लोगों को जंगल की ओर दौड़ने को कहते। चारों ओर व्यस्तता छाई हुई थी और काम की बात अभी तक कुछ हो-हवा नहीं रही थी। इसी समय कुछ दूर पर सुजाता की आवाज सुनाई पड़ी। वह 'दद्दा', 'दद्दा' पुकारती हुई दौड़ी चली आ रही थी। उसे उसकी माँ ने उठाकर छाती से चिपका लिया और उसे लिये हुए अन्दर चली गई। बहुत कुछ हो जा सकता था। हुआ कुछ नहीं। नाटक की पूरी तैयारी हो गई थी, वह खेला नहीं गया। बहुत सारे लोग तो निराश-से होकर सुजाता के घर से लौट आए।

सुजाता की माँ ने उसे पुचकारा, दुलराया और खाना खिलाने लगी। खाना खिलाते-खिलाते उसे डाँटने लगी तो वह रूठ गई। सुजाता रूठ जाए तो चाँद को आसमान से धरती पर आना पड़ता है और ऐसा न हो सके तो उसकी सखियों को अपने-अपने घर से। सो, माँ ने हारकर उसकी सखियों को बुलवा भेजा।

सुजाता की सखियों को बुलवा भेजने की जरूरत न थी। वे स्वयं ही किसी-न-किसी बहाने सुजाता के घर जाने के लिए तैयारी में लगी हुई थीं। उनके अभिभावक तो उन्हें रोक रहे थे किन्तु उनके अन्दर का कौतूहल उन्हें सुजाता के पास खिसक चलने के लिए कुरेद रहा था। आखिर सुजो इतनी देर तक रही कहाँ? करती क्या रही? ये बातें इतनी महत्त्वपूर्ण थीं कि उनके सन्तोषजनक समाधान के लिए सुजाता की सखियाँ सुबह तक प्रतीक्षा नहीं कर सकती थीं। सुजाता को वे अपनी रानी मानती थीं। उनमें से कभी किसी से खीजकर यदि विद्रोह भी किया तो सुजाता दृढ़तापूर्वक अपने पद पर जमी रह जाती थी।

सो सुजाता की ग्यारहों सखियाँ पहाड़ी झरनों की तरह एक ही दिशा में भागी जा रही थीं—आठ साल से बारह साल तक की गाँव की स्वस्थ, चंचल छोकरियाँ। सुजाता के घर के पास सबसे पहले बाला और दारिका पहुँचीं। उन्होंने परिचित पदचाप सुनी तो वहीं ठिठक गईं : कुछ देर में बाकी

सखियाँ भी इकट्ठी हो गईं—बालगुप्ता, प्रिया, सुप्रिया, कमला, सुन्दरी, व्ययसेना, कुम्भकारी, उलुविल्लिका और जटिलिका। उन्होंने आपस में कानों-कानों कुछ षड्यंत्र किया और सुजाता के आँगन में किलकारी मारती भेड़िया-धसान कर गईं।

आँगन के बीचोबीच तुलसी के चबूतरे पर दीपक जल रहा था। चाँदी के कटोरे में दूध और चावल रखे हुए थे। माँ सुजाता को खिलाने का व्यर्थ प्रयत्न कर रही थी। उन्होंने सुजाता की हँसती हुई सखियों को देखा और स्वयं हँस पड़ीं। उनके सिर से एक भारी बोझ टल-सा गया। वे उठीं और एक ओर चली गईं। सखियाँ सुजाता को घेरकर बैठ गईं। सुजाता उनकी रानी थी।

माँ तरह-तरह के पकवान लेकर आई और सुजाता की सखियों को खाने-खिलाने के लिए कहकर वापस चली गई। सुजाता के होंठों पर खोई हुई हँसी बुलाकर ही मानीं उसकी सखियाँ। सुजाता ने भोजन में भी हिस्सा बँटाया। फिर भी सुजाता को जाने क्या हो गया था! सखियों का कौतूहल बढ़ता जा रहा था। सुजाता चुप बैठी थी। आँगन में लोग आ-जा रहे थे। रहस्य की बात सुनने को, सुजो पर दबाव डालने के लिए, एकान्त की आवश्यकता थी। सखियाँ लोगों की आँखें बचाकर एक-एक, दो-दो की संख्या में घर के एक कोने में, यानी पूजा-गृह में पहुँचीं।

सुजो चुप। पर कब तक चुप रहती? रानी की नीति-निपुण सखियों ने रानी को बोलने के लिए बाध्य कर ही दिया। सुजाता ने बड़ी गम्भीरता के साथ केवल इतना ही कहा, 'मेरा विवाह हो गया।'

ग्यारह साल की भोली-भाली सुजाता के गोरे गाल लाल हो उठे। सखियाँ पहले तो स्तम्भित हो गईं। उन्होंने सुजो को फिर तंग करना शुरू किया तो उसने अपने वर को दूसरे दिन दिखा देने का वादा कर उनसे छुट्टी पाई। सुजाता ने सखियों से पहले ही वचन ले लिया था कि वे अभी किसी दूसरे के कान में यह बात न पड़ने देंगी।

सब-की-सब सखियाँ चली गईं तो सुजाता माँ के पास जाकर लेट रही। उसने बहुत देर तक चुप रहने के बाद माँ से कहा, 'आज शिव-पार्वती की कहानी सुनूँगी, सुनाओगी न, तो सुनाओ न!'

कहानी समाप्त हुई। सुजाता ने एकाएक कहा, 'माँ, मैं भी पार्वती की तरह तपस्या करूँगी।'

माँ झपकी ले रही थी। 'दुत पगली' कहकर उसने करवट बदली और सो गई।

सुजाता दूसरे दिन भी ढोर चराने गई। सखियों के आग्रह करने पर उसने उन्हें चुपके-चुपके अपने पीछे चले आने के लिए कहकर जंगल के एक घने हिस्से में प्रवेश किया। कुछ दूर बड़ी कठिनता से जाने के बाद सबने देखा, एक खुले स्थान में कोई तेजस्वी युवक ध्यान में लीन बैठा हुआ था। उसके गले में फूलों की एक मुरझाई हुई माला पड़ी थी। सखियों ने ठीक ही अनुमान किया, सुजाता ने कल यह माला संन्यासी के गले में डाली होगी!

सखियों को सुजाता ने कुछ दूर पर ही रोक दिया था। वे खड़ी देखती रहीं। तपस्वी का मुख सूर्य की तरह चमक रहा था। उस चमक से चन्द्रमा जैसी शीतलता फैल रही थी। उसके शरीर की एक-एक हड्डी गिनी जा सकती थी।...सुजो ने जंगली फूलों की माला बनाई। वह तपस्वी के चरणों में साष्टांग प्रणत हो गई। फिर उठकर सुजाता ने माला उसके गले में डाल दी। तपस्वी ने आँखें खोलीं। सुजाता ने एक बेर अपनी अंजलि में रखकर बढ़ा दिया। तपस्वी ने उसे खा लिया। वह फिर समाधिस्थ हो गया। धीरे-धीरे सुजाता और उसकी सखियाँ वहाँ से वापस लौटीं। सखियाँ सन्न। उन्होंने सुजाता से कुछ कहा नहीं।

सखियों ने किसी से कुछ न कहने का वचन दिया था। इसका स्वाभाविक परिणाम वही हुआ जो होता है : सारे गाँव को इस बात की कौतूहलवर्धक सूचना मिलते देर न लगी। सुजाता के माता-पिता को भी बात मालूम हुई। पहले वे घबराए। फिर उन्होंने सन्तोष-सा कर लिया। उन्होंने स्वयं तपस्वी के

दर्शन किये। उन्हें सुजाता से कुछ कहने का साहस नहीं हुआ। वे धर्म-प्राण, धर्म-भीरु व्यक्ति थे। पार्वती को उनके माता-पिता ने समझाने का भरसक प्रयत्न किया था। सुजाता के माता-पिता ने पार्वती की कथा पढ़ी थी। उन्होंने अपनी पार्वती के मार्ग में रोड़े नहीं अटकाए।

सुजाता अब ढोर चराने नहीं जाती। वह कुछ देर के लिए तपस्वी की परिचर्या के लिए जंगल में जाती है और घर लौट आती है। उसकी सखियों ने देखा है, आजकल तपस्वी केवल एक चावल का दाना खाता है। सबको आश्चर्य है, तपस्वी कैसे जीवित है। गाँव की बड़ी-बूढ़ी स्त्रियों का कहना है, यह सब सुजाता के सुहाग का प्रभाव है। वे कुछ तो ऐसा मानती भी हैं, कुछ गाँव के सबसे प्रतिष्ठित और समृद्ध परिवार की स्वामिनी को प्रसन्न करने के लिए भी कहती हैं।

और सुजाता प्रतिदिन साधु-संन्यासियों को भोजन कराती है। वह जंगल में बैठकर तपस्या नहीं करती, किन्तु उसके मुख पर तपस्विनियों जैसी आभा रहती है। उसकी सखियाँ भी उसके सामने गम्भीर हो जाती हैं। बड़े लोग भी उसे श्रद्धा की दृष्टि से देखते हैं।

तपस्वी का षड्वार्षिक व्रत समाप्त होने को आया है। वह अब ध्यान में लीन हो गया है। उसके शरीर की श्वास-प्रश्वास की क्रिया तक रुक गई है। पन्द्रह साल की तरुणी सुजाता मुट्ठी भर रह गई है। वह पूजा-गृह में मूँज के आसन पर खोई-खोई बैठी रहती है। लोग कहते हैं, वह भी समाधिस्थ हो जाया करती है। जब थक जाती है तब उसी छोटे आसन पर बिखर जाती है। अब सुजाता जंगल में नहीं जाती। उसके शरीर में इतनी शक्ति नहीं। वह प्रतिदिन साधु-संन्यासियों को अपने हाथ से बनाई खीर खिलाती है। उसके माता-पिता चिन्ताकुल रहते हैं पर कुछ कहने का साहस नहीं बटोर पाते।

और विगत की तरह आज भी सुजाता खीर बनाकर साधु-संन्यासियों की प्रतीक्षा कर रही है। आज वह असाधारण स्फूर्ति का अनुभव कर रही है। उसकी दासी अकेले पलटकर आई और बोली, 'आज तो कोई ब्राह्मण

मिला ही नहीं।' क्षण भर के लिए सुजाता की स्फूर्ति निराशा में बदल गई। 'फिर जाकर देखो,' उसने कहा और आँखों में चमकती प्रतीक्षा के साथ बैठी रही। दासी फिर अकेली ही लौटी। उसने हतोत्साह होकर कहा, 'आज जिधर भी जाती हूँ, एक सुन्दर श्रमण ही दिखाई देता है, ब्राह्मण संन्यासी नहीं। मैं क्या करूँ?'

सुजाता प्रफुल्लित हो गई, जैसे वसन्त की वायु के झोंके ने शिशिर-हत लतिका में प्राणों का संचार कर दिया हो! उसने रोमांचित और भावाविष्ट होकर कहा, 'वही तो—वही तो, वे ही ब्राह्मण हैं, वे ही श्रमण हैं जिनके लिए जाने कितने दिनों से खीर बनाकर रखती हूँ। जा, तू जा। कहीं ऐसा न हो... तू...जा, जहाँ से हो, उन्हें जाकर लिवा ला।' सुजाता मूर्च्छित-सी बैठी रही।

तपस्वी आया। सबने प्रणत होकर अभ्यर्थना की। सुजाता चरणों में लोट गई। सुजाता की साँस जैसे रुकी जा रही थी। उसने सोने के पात्र में खीर परस दी।

तपस्वी जाने को तैयार था। सुजाता पत्थर की मूर्ति के समान निश्चल बैठी हुई थी।

'बहन, मैं सब जानता हूँ,' उसने कहा, 'तुम्हारी बड़ी बहन अपने पुत्र के साथ मेरी प्रतीक्षा कर रही होगी। जिस रूप में तुमने मुझे उससे पहले ही पा लिया, इससे अधिक मेरे पास अब किसी के लिए रह ही क्या गया?'

सुजाता ने तपस्वी की चरण-धूलि सिर पर लगा ली।

चलते-चलते उसने कहा, 'अभी साधना का प्रारम्भ ही है। अब तक जो किया, सब व्यर्थ था। सफलता मिली तो एक बार फिर आऊँगा।'

सुजाता नत-शिर, हाथ जोड़े झुकी रही। शाक्य सुजाता के स्वर्ण-पात्र को लिये हुए उरुविल्व गाँव से नीरंजना नदी की ओर धीरे-धीरे चले गए।

बरसाने की राधा

[1]

आज कुरुक्षेत्र की चौड़ी सड़कों पर व्यक्ति नहीं, समूह चल रहे हैं। बड़ी भीड़ है आज कुरुक्षेत्र में। सैकड़ों कोस से चल-चलकर लोग आए हैं। कुरुक्षेत्र उस समुद्र-सा हो रहा है, जिसमें चारों ओर से आ-आकर छोटी-बड़ी नदियाँ मिल जाती हैं। यह दक्षिण के लोगों का दल जा रहा है : मर्द बहुत तेजी से, अपरिचित भाषा बोलते हुए, चटकीली पगड़ियों और रेशमी दुपट्टों से वातावरण में क्षणिक रंगीनी-सी लाते हुए, स्त्रियाँ बालों में फूलों के गहने पहने, लय में चलती हुईं। यह उत्तर-पश्चिम की मंडली है : लम्बे-चौड़े युवक और स्वस्थ युवतियाँ, जिन्हें मानो किसी कुशल कलाकार ने सधी उँगलियों से गढ़ दिया हो! यह पूरब का गोल है, भोले-भाले युवक हाथ में सिर से ऊँचे डंडे लिये हुए, जैसे घोषणा कर रहे हों कि हम अच्छों के लिए जितने अच्छे, बुरों के लिए उतने ही बुरे भी; साथ में युवतियाँ हैं—सुन्दर, सुकुमार, कवि-कल्पना-सी! कुरुक्षेत्र पृथ्वी पर सतरंगी इन्द्र-धनुष हो रहा है।

सड़कों के दोनों ओर सजी हुई बड़ी-बड़ी दुकानें हैं—रत्नाभूषणों की, कपड़ों की, खाने-पीने के सामान की। यह कुछ लोगों के वैभव का प्रदर्शन नहीं है, समस्त देश की समृद्धि का प्रमाण है। कभी-कभी जगमगाते हुए रथों पर राजकुल के लोग या बड़े-बड़े सामन्त निकल जाते हैं, किन्तु जो लोग सड़कों पर चहलकदमी कर रहे हैं, उनमें हीनता की भावना नहीं है, दरिद्रता का संकोच नहीं है, सभी प्रसन्न हैं, सभी सन्तुष्ट हैं।...आज से बहुत-बहुत पहले की बात है।

कुरुक्षेत्र के राजमार्ग पर तो मानो सृष्टि की सम्पूर्ण शोभा ही बिखर गई हो! इतना प्रकाश, इतना वैभव नागरिकों ने भी नहीं देखा था, बेचारे ग्रामीणों का तो कहना ही क्या! भीड़ बहुत है, लोग चींटियों की तरह आगे बढ़ते तो जरूर हैं, लेकिन उनका चलना दीख नहीं पड़ता। फिर भी कहीं कोई गड़बड़ी नहीं है, धक्कम-धुक्की नहीं है। शिक्षित, सुसंस्कृत जनता भेड़-बकरियों की तरह आचरण नहीं करती। वह उच्छृंखल बाढ़ नहीं है, निर्मल जल वाली संयत धारा है।

कुरुक्षेत्र के इस उत्सव-पर्व में इस बार चार चाँद लग गए हैं। इस बार स्वयं श्रीकृष्ण कुरुक्षेत्र पधारे हैं। लोगों के उल्लास में उत्सुकता के कारण और अधिक आवेग आ गया है। लोगों की आँखें तृप्त हो गई हैं और पैर थक गए हैं, लेकिन उनके प्राण आतुर और अधीर हो रहे हैं। लोगों से कहा गया था, कुरुक्षेत्र में श्रीकृष्ण के दर्शन होंगे। लोग बड़ी आशा लेकर आए थे। लेकिन आज वे शायद दर्शन न दें।

भीड़ कुछ-कुछ छँट चली थी। छोटी-छोटी टोलियाँ थोड़ी-थोड़ी दूरी पर नगर के वैभव में दृश्य निहार रही थीं, दुकानों के पास खड़ी थीं, या खड़ी-खड़ी विश्राम कर रही थीं। उनमें से कुछ तो नगर में विलम्ब से पहुँची थीं, और कुछ, कौन जाने, अब तक इस आशा में लौट नहीं रही थीं कि शायद उन्हें उनके आराध्य के दर्शन हो जाएँ।

सहसा दूर, राजपथ के उस छोर पर, कोलाहल होने लगा। और कुछ क्षणों में ही सबने सुना, श्रीकृष्ण पधार रहे हैं। राजपथ साफ हो गया। रक्षकों

को कहना न पड़ा, जनता स्वयं सड़क के दोनों ओर कतार बाँधकर खड़ी हो गई। श्रीकृष्ण का सोने का चमकता हुआ रथ आ रहा था।

सात घोड़ोंवाला सोने का रथ जिधर से निकलता, उधर दोनों ओर की जनता प्रेम और श्रद्धा से झुक जाती। श्रीकृष्ण हाथ जोड़े जनता का अभिनन्दन, अभिवादन साभार स्वीकार कर रहे थे। उनके बाईं ओर रानी रुक्मिणी बैठी हुई थीं—सौन्दर्य और सतीत्व की, फूल और आग की दिव्य मूर्ति! रथ राजपथ के मध्य में आ चुका था।

एकाएक रथ की गति धीमी पड़ गई। श्रीकृष्ण ने सारथी को कुछ इशारा किया था। रुक्मिणी ने उनकी ओर जिज्ञासा भरी आँखें उठाईं। श्रीकृष्ण ने एक ओर तनिक-सा मुँह फेरकर गम्भीरता से कहा, 'देखो देवि, वह बरसाने की टोली देखती हो?'

रुक्मिणी चौंकीं। उनके होंठों पर से क्षण भर के लिए मुस्कुराहट ओझल हो गई। पर क्षण भर के लिए ही। वह तुरन्त सँभल गईं। उन्होंने नम्रतापूर्वक पूछा, 'तो बरसाने की वह राधा भी आई होगी? कहाँ है वह?'

'देवि, तुम अपनी बड़ी-बड़ी आँखों के लिए प्रसिद्ध हो। उसे नहीं देखा तुमने? कौन अभागिन है, कैसे कहूँ?' श्रीकृष्ण ने सहज भाव से उत्तर दिया। उनके होंठों पर मुस्कुराहट थी। केवल रुक्मिणी ने देखा, उनके मुख की गम्भीरता सघन हो उठी थी।

श्रीकृष्ण ने फिर इशारा किया। रथ फिर पहले की गति से चल पड़ा।

बरसाने की टोली रथ की ओर उत्कंठा और हर्ष से देख रही थी। रथ आगे बढ़ता जा रहा था। एक युवती से कुछ दूसरी युवतियाँ कह रही थीं, 'अरे, हम तेरे लिए ही रुकी रह गईं राधा, और तू है कि पत्थर-सी खड़ी-की-खड़ी रही! वही तो थे। पगली, क्यों दौड़ न गई रथ के पास तक? इसीलिए आई थी यहाँ?'

युवतियों ने जिसे राधा कहकर सम्बोधित किया था, उसने स्निग्ध वाणी में उत्तर दिया, 'चलो, डेरे चलें।'

[2]

कुरुक्षेत्र में बाहर से आई हुई जनता आसपास के उपवनों में विश्राम कर रही थी। रात्रि के इस प्रहर में नगर की सड़कें भी आराम की साँस ले रही थीं। पूर्णिमा के चाँद ने नगर पर जादू की छड़ी घुमा दी थी। चारों ओर कल की सम्भावनाओं से भरी निस्तब्धता छाई हुई थी। इसी समय निर्जन राजपथ से वही सात घोड़ोंवाला सोने का रथ सन्नाटे को चीरता हुआ निकला। रथ पर श्रीकृष्ण नहीं थे, अकेली रुक्मिणी बैठी थीं।

संध्या समय महल में लौटने पर श्रीकृष्ण ने रुक्मिणी से आवश्यकतानुसार, यथोचित रीति से, बहुत-सी बातें की थीं किन्तु राधा का नाम तक नहीं लिया था। रुक्मिणी भी इस सम्बन्ध में चुप ही रही थीं। लेकिन उन्होंने श्रीकृष्ण का प्रेम कुछ यों ही नहीं पाया था। वे अपने प्राणेश्वर के मर्म को पहचानने की शक्ति रखती थीं और उनके एक अव्यक्त इशारे पर प्राणों को न्योछावर कर देने की साध भी। वे अवसर मिलते ही राधा के पास भागी जा रही थीं। राधा को न पहचानने का क्षणिक, परिहासपूर्ण अभिनय कर वे अपराध कर चुकी थीं। श्रीकृष्ण ने मुस्कुराते हुए, बड़े दाक्षिण्य के साथ, उनसे जो वचन कहा था, वह उनके लिए ऐसा दंड था जो उन्हें कभी मिला नहीं था। रुक्मिणी जानती थीं, श्रीकृष्ण के प्रति किये गए उनके इस अपराध के लिए यदि उन्हें क्षमा मिल सकती थी तो राधा के पास ही। सो, पश्चात्ताप से भरी रुक्मिणी बड़ी विह्वलता के साथ सारथी को और तेजी से रथ चलाने के लिए बार-बार आदेश दे रही थीं।

जिस उपवन में बरसाने की टोली ठहरी हुई थी, उससे कुछ पहले ही रथ रुक गया। रुक्मिणी केवल एक दासी को लेकर उपवन की ओर चलीं। उस समय उनके शरीर पर एक प्रहर पहले के समान महामूल्य आभूषण न थे, न मुख पर वह अपराजित गर्व ही था। आभूषणों के अभाव और विनय के भाव से रुक्मिणी का अकृत्रिम सौन्दर्य दिव्य आभा से उद्भासित हो रहा

था। बरसाने के अहीरों ने रुक्मिणी को सभ्रम देखा, और रुक्मिणी ने उन्हें बड़े प्रेम और कौतूहल के साथ।

लेकिन राधा कहाँ थीं? और दूसरी गोप-बालाएँ, उसकी सखियाँ किधर जा छिपी थीं? रुक्मिणी किसी से उनके बारे में पूछना ही चाह रही थीं कि उन्होंने सुना, कुछ दूर पर कोई स्त्री बड़े करुण स्वर में विरह का गीत गा रही थी। उन्होंने उधर देखा, चारों ओर सखियाँ बैठी हुई थीं, बीच में, तनिक ऊँचे-से स्थान पर राधा और, सखियों में से एक वह बेसुध कर देनेवाला गीत गा रही थी। जिसने जीवन में केवल मिलन का सुख ही जाना, उस परम सौभाग्यवती रुक्मिणी की किसी कोने में प्रसुप्त विरह की वेदना उनकी आँखों से फूट निकली। रुक्मिणी जल्दी-जल्दी उस ओर पाँव बढ़ाने लगीं।

संगीत की करुणा से अभिमंत्रित वातावरण में सुध-बुध खोकर बैठी हुई सखियों और राधा की तन्मयता तब भंग हुई, जब रुक्मिणी सखियों के बीच जाकर बैठ गईं। सखियों ने देखा और कुछ न समझ सकने के कारण क्षण भर कर्तव्यविमूढ़-सी बैठी रहीं। राधा ने देखा और सब कुछ क्षण भर में ही समझकर उठीं, रुक्मिणी को पकड़कर उठाया और गले से लगा लिया। दोनों की आँखें गीली हो रही थीं; दोनों ने एक-दूसरे को पाकर जीवन की पूर्णता प्राप्त कर ली थी। राधा ने बड़े आदर से रुक्मिणी को अपनी बगल में बिठाया।

रुक्मिणी ने बड़े आग्रह से उस युवती से कहा जो अभी-अभी गीत गा रही थी, 'सखि, एक और गीत गाइए न!...दीदी, तुम कह दो, ये फिर से, एक बार वह गीत गा दें। मैंने तो बहुत कुछ पाया है, लेकिन मैं बड़ी लालची हूँ—तुमने जितना कुछ पाया है, उसमें भी हिस्सा चाहती हूँ।'

राधा ने रुक्मिणी के गले में बाँह डाल दी। सखी ने गाना शुरू किया।

[3]

दूसरे दिन मध्याह्न में श्रीकृष्ण ने जब रुक्मिणी के कक्ष में प्रवेश किया तो चौंककर द्वार पर ही खड़े रह गए। कक्ष के बीचोबीच सोने के आसन पर

राधा बैठी हुई थीं। एक दूसरे, कुछ नीचे, सोने के आसन पर रुक्मिणी बैठकर उनसे बातें कर रही थीं। रुक्मिणी और राधा, दोनों की ही दृष्टि एक साथ उनकी ओर उठी। रुक्मिणी ने आज उनका एक सर्वथा अभिनय रूप देखा। राधा ने देखा, श्रीकृष्ण आज भी ठीक वही हैं जो जीवन के उन सुनहरे दिनों में थे। दोनों ने उठकर प्रणति की। श्रीकृष्ण ने आसन ग्रहण किया।

श्रीकृष्ण अधीरता के साथ एक के बाद दूसरे प्रश्न पूछ रहे थे—नन्द और यशोदा के बारे में, बड़े-बूढ़ों और बच्चों के सम्बन्ध में, गायों और यमुना को लेकर। राधा स्निग्ध और संयत स्वर में उत्तर देती जा रही थीं। कृष्ण के प्रश्नों में उतावलापन था; राधा के उत्तर उनके हृदय की अगाध गम्भीरता की छाप लिये हुए थे। समुद्र में ज्वर आता है लेकिन आसमान में चन्द्रमा ऊपर-ऊपर निश्चल ही बना रहता है।

श्रीकृष्ण के प्रश्न समाप्त हो गए। अब उन्हें जो कुछ कहना था, उसके लिए उनके पास शब्द न थे। ऐसे अवसरों पर मौन ही सबसे बड़ी अभिव्यक्ति होती है। श्रीकृष्ण चुप होकर बहुत कुछ कहते रहे। राधा चुप बैठी-बैठी वर्षों का संचित विरह अपने देवता के चरणों में अर्पित करती रहीं। रुक्मिणी चुपचाप सब कुछ सुनती रहीं, सब कुछ देखती रहीं।

संध्या होने को आई। राधा ने जाने की अनुमति माँगी। रुक्मिणी ने राधा का हाथ पकड़ लिया और कुछ कहने को हुईं। श्रीकृष्ण ने उन्हें हाथ उठाकर मना किया। राधा ने कृतज्ञता से दोनों की ओर देखा; रुक्मिणी ने जिस स्नेह के वश उन्हें रोकना चाहा था, उसके लिए वे उनके प्रति कृतज्ञ थीं; न रुकना ही उनके लिए एकमात्र उपाय था, यह श्रीकृष्ण ने समझा था, इसके लिए वे उनके प्रति भी कृतज्ञ थीं।

राधा ने श्रीकृष्ण को झुककर अलग से ही प्रणाम किया; रुक्मिणी ने राधा के पैर छुए और वे राधा को रथ पर बिठाने के लिए चली गईं। श्रीकृष्ण पाषाण की प्रतिमा की तरह देहरी पर खड़े रहे।

नारी की 'त्रिविधा'

[1]

पुरुष और पुरुष के बीच प्रेम नहीं हो सकता, क्योंकि यौन-सम्बन्ध अवश्यमेव नहीं होना चाहिए; पुरुष और नारी के बीच मित्रता नहीं हो सकती, क्योंकि यौन-सम्बन्ध अवश्यमेव होगा। जैसे, रायबहादुर मानिकचन्द, अध्यक्ष, मोती जीवन-बीमा कम्पनी, कहते कि श्रीमती हारिणी बोस से उनकी मित्रता है। जब यह शब्द वह व्यवहृत करते, तो इसका यह सम्बन्ध पुरुष और पुरुष के बीच के स्वाभाविक सम्बन्ध-सा ही लिया जाए, स्पष्ट रहता। सहस्राक्ष, सर्वज्ञ जनता प्रारम्भ में उक्त सत्य को पूर्णत: चरितार्थ करते तथ्य को जानती। इसलिए किसी का भी इसमें विश्वास हो, ऐसा नहीं।

परन्तु यह गुप्त नहीं तो यह भी नहीं कि सभी इसकी चर्चा करें। अधिक-से-अधिक इसे खुला रहस्य कह सकते। अपनी कमजोरी पर ग्राम्यता का सूक्ष्मवीक्षण यंत्र लगाते, वे ऐसे मूर्ख नहीं। और साधारण व्यक्ति अग्राम्य, सुसम्पादित अनौचित्य को देखकर भी चुप रह जाता। और धनी होते हुए भी विज्ञापित दानी, प्रभावशाली होते हुए भी शिष्ट इन महाशय से

किसी को ऐसी शत्रुता नहीं कि इस बात को इसकी सम्पूर्ण नग्नता में उद्घाटित करता...।

हारिणी स्वर्गीय प्रोफेसर मृणालकान्ति बोस की विधवा है। रायबहादुर इनके मित्र थे। अब हारिणी के हैं। दरिद्र विद्वान् दरिद्र ही मर गया था। अनाथ हारिणी गणित, अर्थशास्त्र, इतिहास आदि-आदि विषयों को लेकर बी.ए., एम.ए. पास कुरूप विदुषी तो थी नहीं। हाँ, वह जासूसी नॉवेल पढ़ती, अंग्रेजी बोल लेती, तमीज और सलीका की मूर्ति तेईस वर्ष की सुन्दरी युवती अवश्य। ऐसी स्त्रियों के यहाँ नौकरी नहीं आती, न ये विधवाश्रम में जातीं। आती है रायबहादुर के ऐसों की मित्रता, और ये भी उनके साथ, जब वे कहते तो सिनेमा जातीं, जब वे चाहते तो उनका मनचाहा करतीं। इसलिए नहीं कि वे कुलटा होतीं; प्रत्युत इसलिए कि वे जीवन के सुखों को चाहतीं, जिसके कारण इन्हें जीवन को वह जिस रूप में आता, ग्रहण करना ही पड़ता। रानी का दिल प्रोफेसर की आमदनी पर भी सन्तुष्ट रहने लगा था। पर इससे कम, प्राय: कुछ नहीं पर, यह नहीं रह सकता। दरिद्र के पुण्याचार के मध्याकाश में त्रिशंकु की विपन्नता से, इनके दर्शन के अनुसार, नीचे पृथ्वी पर गिरकर आकाश के वैभव का आनन्द पाना कहीं अधिक अभीष्ट और सम्भव है।

इसी कारण हारिणी रायसाहब की मित्र कहलाती और रखेलिन का स्थान लिये हुए।

लेकिन रायबहादुर उसे यह वचन भी दे चुके थे कि रुग्णा उनकी पत्नी जैसी मरीं कि वह हारिणी से ब्याह कर लेंगे। पहले यह प्रवंचना ही थी। पर हारिणी के अगाथ गुणों से, तृप्ति देने की उसकी अपरिमित शक्ति से उनका प्रारम्भिक बाह्य प्रेम अधिकाधिक सत्य होता हुआ उसे सच ही पत्नी बनाने के लिए व्याकुल होने लगा है। इस बार उनकी पहली पत्नी नहीं बचेंगी। उनकी उम्र उनचास वर्ष की ही तो है। फिर कोई ऐसी बात नहीं कि उनकी यह अभिलाषा पूरी नहीं हो।

हाँ, इसी हारिणी की ओर से ही जो भय हो। क्योंकि शुरू में अयाचित औदार्य के लिए कृतज्ञ वह उनसे प्रेम कर पत्नी बन जाने के लिए भी तैयार थी जरूर, परन्तु कृतज्ञ हो अब भी वह केवल शरीर ही उन्हें देने को तैयार पाती है अपने को। उनकी अदनी-सी कृपा के लिए वह अपना समस्त नारीत्व देते जरा नहीं हिचकिचाई। लेकिन यह एकमात्र अवशिष्ट मनुष्यत्व, अपने हृदय को तो नहीं देगी, नहीं देगी। इसलिए अब इसके आत्म-समर्पण में संकोच और कृतज्ञता की लज्जा और गर्मी नहीं रही। वह उनसे रूठती नहीं, मनुहार नहीं कराती, ललचाती नहीं। वह इसके बिल चुकाते, इसके मकान का किराया देते, पॉकेट-खर्च देते, और वह उन्हें अपना शरीर सौंपे हुए थी। इस व्यवसाय के बाद वह इसके हृदय पर भी कैसे अधिकार चाह सकते, यह वह नहीं समझ पाती। चाँदी के निर्जीव टुकड़ों से हाड़-मांस के सजीव शरीर का विनियम क्या कम निःस्वार्थ है? लेकिन शरीर पर चूँकि उसका एकाधिकार है, इसलिए वह इतना त्याग भी करती। चाहा तो था उसने हृदय को भी दे देना, परन्तु जब उसे विदित हो गया कि वह उससे होने का नहीं, कारण कि उसके हृदय पर उसका अधिकार नहीं। भौतिक जीवन के सभी सुख उसे उपलब्ध थे—मार्बल के स्वच्छ स्नानागार—नया सुन्दर छोटा मकान, बेबी-स्पोर्ट मोटर, नितान्त नई साड़ियाँ और आभूषण, बहुमूल्य शृंगार के प्रसाधन और क्या नहीं! कभी इनसे ऊबती भी, तो शरीर को इन्हीं के सुखों में और निमज्जित होने को बाध्य करती, जैसे शराबी शराब से ऊबकर फिर शराब से ही अपने को बहलाया करता है। लेकिन इस हृदय को वह क्या करे? हृदय तो हृदय से मान सकता और वह भी जब परस्पर ये बैठ सकें, जब एक के स्पंदन की गति दूसरे के तुल्य हो, जब एक-दूसरे को लोहे की चुम्बक की तरह खींच सके। और चूँकि हृदय तो सभी के हुआ करता है, इसलिए रायबहादुर को भी है, लेकिन क्या उनके हृदय से इसका कुछ साम्य हो सकता कभी? असली को मात करनेवाली नकली दन्तावलीवाले मुँह से चुम्बित होने पर क्या इसके गोरे गालों पर सुर्खी के रूप में उसका हृदय

उनके साथ एक होने के लिए ललक उठता? उसकी लटकती छाती का ईषत् कम्पित हाथों द्वारा भरा आलिंगन क्या इसके हृदय को इतना उद्वेलित कर पाता कि वह काबू में ही नहीं रहे? और यह सोचते-सोचते समय-असमय काँप जाती, उसे पसीना कभी भी छूटने लग जाता; वह ढीली, निर्जीव पड़ जाती, जैसे ठंडे शव को छू लिया हो!

[2]

और जब से उसका परिचय ठाकुर राजवंशी सिंह से हो गया है, तब से रायबहादुर से और भी दूर ही बही जा रही है। हृदय की आकांक्षाएँ पहले भले अपूर्ति की यंत्रणा से मर जातीं लेकिन अब तो ठाकुर साहब का स्नेह पा वे फिर अनुप्राणित हो उठी हैं...।

ये ठाकुर साहब एक बड़े ताल्लुकेदार के छोटे भाई हैं। दस हजार रुपये प्रति मास एलाउंस मिलते, और आप प्रति मास साढ़े ग्यारह हजार रुपये खर्च करते। छह फीट के जवान। पहले का व्यायच्छमान शरीर अब भी आनुषंगिक। बेतकल्लुफ। हर वक्त ऊबे-ऊबे-से। चाल-ढाल में, व्यवहार में विश्वस्त धीर। पर आपमें स्त्रियों की प्रिय वस्तु उबलती हुई क्षिप्रता का एकान्त अभाव है। ठाकुर साहब का चरित्र फलत: नजदीक वालों के लिए तो अव्याख्येय ही बना रहता। लेकिन उनसे यह ऊब जाने का कारण है, तो यहीं उनका आकर्षण भी विदित है। हारिणी ठाकुर साहब से महीनों रोज-रोज भेंट करती। बस, एक ही विषय पर सुसंस्कृत बातें होतीं, फिर अभिवादन...यही रोज का क्रम रहता। और वह सहसा इनसे थककर एक दिन उनके आने के ही समय कहीं चली जाती। फिर हफ्तों उनसे मुलाकात नहीं। और उन्हें, कम-से-कम बाहर से तो यह बुरा नहीं लगता, नहीं तो फिर वह क्यों न आगे बढ़ते? यहाँ तो अन्त में हार मानकर, अपने से ही मान करने के बाद, अपनी ही भर्त्सना करती हारिणी को ही फोन पर सन्धि का संवाद भेजना पड़ता।

लेकिन यह हारिणी आखिर यह हार मानती क्यों? यही तो उसके कठिनता से भरे जीवन की पहली पहेली है। जभी इस प्रश्न पर वह सोचने लगती, उसे लड़कपन के गणित के सवालों का हल करना स्मृति में यों ही झलक जाता। कैसे वह मिनटों एक सवाल को देखती रह जाती, रह जाती और जब मस्तिष्क की शून्यता हटती और रुदन को छिपाने के लिए वह बनावटी खीज से अपनी कापी फेंक देती, तब कैसे बारह बरस की उस स्वस्थ, चपल, भोली हारू को, उसके 'ब्रह्मचारी'-से नाम को शुरू करनेवाले जवान मास्टर साहब डाँटने के बदले, जाने कैसी खूँख्वार मुद्रा से कभी चूमने लगते, कभी बाँहों में बाँध लेते...और कैसे भयमिश्रित घृणा के कारण बिना कुछ कहे उसने उनसे पढ़ने से इनकार कर दिया था।... और अब भी, कैसे जीवन के प्रश्नों को सुलझाने से उन्मन-उन्मन उसकी रुक्षता देखकर रायबहादुर उसको चुम्बित, आलिंगित करने लगते। लेकिन भय अब क्या उसे रह गया? और घृणा को भी तो क्विनीन की तरह पीकर ठिठरकर रह जाती ही। मूक। प्रतिवादहीन। उफ, क्या उसका जीवन ही ऐसे ताने-बाने से बुना है—अज्ञात बीभत्सतावाला शैशव, जब वह नहीं कुछ जानती भी स्वभावत: विद्रोह कर उठी, और यह ज्ञात बीभत्सतावाला यौवन, जब वह सब कुछ जानती भी घुट-घुटकर रह जाने को बाध्य होती! यह सतत स्खलन!...ओ माँ...!

और जो उस पंक और दलदल से इसे उठा ले सकते, वह इसे उठाये ही क्यों नहीं रह जाते? या एकदम छोड़ ही देते कि यह उन्हीं में मिलकर फिर कभी उठने की इच्छा ही नहीं रखती। वह क्या ठाकुर साहब का क्रीडनक है? वह इसे ऐसी यंत्रणा भला देते क्यों? उसे याद है, उसने एक दिन मेज पर पड़े कीड़े से कुछ ऐसी ही निर्दयता की थी—वह अभी चलने लगता, वह उस पर एक बूँद स्याही गिरा देती; फिर देह झाड़कर जैसे ही वह चलने को होता, 'टप्' और यों ही जब तक कि तेरहवीं बार एक-ब-एक उसने दम तोड़ ही दिया। लेकिन क्या मनुष्य कभी मनुष्य के प्रति ऐसा कुछ कर सकता

है? नहीं, नहीं, नहीं...! कितने प्यारे हैं ठाकुर साहब!... लेकिन यही तो वह कहने देने को समय देते नहीं।

यों तो ठाकुर साहब के विषय में वह जब सोचती, भावावेश में कहाँ-की-कहाँ जा पड़ती। परन्तु सतत अनुभव करनेवाली आत्मा के साथ उसकी बुद्धि भी कभी-कभी यह जरूर समझ पाती कि उम्र को नहीं लें, तो ठाकुर साहब एक वाक्य में शर्मीले और गर्वीले बच्चे हैं। अपनाने की उनकी आकांक्षा क्या देखी नहीं जा सकती तो अनुभूति भी नहीं हो सकती? वह अपने-आप कभी नहीं आगे बढ़ेंगे, जब तक यह अपने-आप जरा-सा खिसक एकदम आकृष्ट ही नहीं कर ले...।

आज कुछ ऐसा ही सोचकर हाल के विप्रयोग को पाटने के लिए वह ठाकुर साहब को फोन कर बुलाने चली। लाइन जुड़े-जुड़े, तब तक सोचती कि इस बार नजदीक आ जाने पर वह स्वयं ही उनसे सदा के लिए एक होकर रहेगी...।

'हेलो...हेलो, हाँ, क्या ठाकुर साहब,' वह उमंग से हुलसकर पूछती, 'साथ शामवाले 'शो' में चल नहीं सकेंगे? प्लीज, निश्चय।'

और ठाकुर साहब उसी साधारण, कुछ—नहीं—हुए स्वर में दुख के साथ सूचित करते, 'नहीं, आज क्षमा मिले; संध्या को दूसरे कार्य के सम्पादन को प्रतिश्रुत हूँ; किसी दूसरे दिन...'

भग्नाश, दुखी जब अकेले और अधिक समय काटने में नितान्त असमर्थ हो गई, तो कपड़े बदल सिनेमा की ओर चली।

वह इधर के कोने से प्रेक्षागृह की सीढ़ियों पर चढ़ती कि उधर सामने से ठाकुर साहब, एक परम सुन्दरी रमणी की बातों में घुले-से, मोटर चलाते, बेजाने ही किसी के हृदय पर लूकी आग बरसाकर निकल जाते...।

यही काम था...!

और वह एक सुर में सीढ़ियों को तेजी से खत्म कर लोगों का ध्यान अनजाने आकृष्ट करती, अपनी सीट पर जाकर दम लेती...।

[3]

अरस्तू के मतानुसार दुखान्त नाटकों का प्रयोजन दर्शकों के अन्तस्तल में निहित दया और करुणा की स्वाभाविक भावनाओं के प्राचुर्य का परिपाक करना है। लेकिन यह तभी होता, जब ये भावनाएँ साधारणत: व्यापक रूप में ही हृदय में छाई रहतीं। इसीलिए तो 'हरिश्चन्द्र' देखने पर हमें एक प्रकार का अलौकिक आनन्द ही मिलता है। परन्तु ये ही भावनाएँ जब व्यक्ति के जीवन की घटना-विशेष में शिलीभूत हो जातीं, इनका मंच पर प्रत्यक्ष दर्शन परीदाह के बदले शतगुण वृद्धि के लिए हो जाता। साधारण: करुण रस की ऐसी फिल्मों को देखने के बाद हारिणी को, बाहर से रुलाई आने पर भी, हृदय विचित्र स्वस्थ मालूम होता, क्योंकि तब वह अपने व्यापक दुखों से ही दबी रहती। लेकिन आज जब अपने अन्दर किसी तरह बन्द घनीभूत भावनाओं का उसने अनुभव के साथ-साथ प्रत्यक्ष दर्शन भी किया, तो वह 'हॉल' में ही बरस पड़ी। और भावनाओं का ज्वार एक बार वह जो उठा, तो भीतर उसकी संज्ञा और बाहर साड़ी का अंचल आप्लावित हो उठा। वह इस परिवर्धमान वेदना को सह लेने के लिए आन्तरिक प्रयत्न करती हुई बाहर से बेसुध हो रही। उसका सिर बगल में बैठे युवक के स्कन्ध पर अवलम्बन लेकर स्थिर-सा हो रहा...।

यह उसे तब मालूम हुआ, जब न जाने कितने मिनटों के बाद इत्र की वायु को साँसों में भरती उसकी संज्ञा और आँखें खुलीं। और वह झटके के साथ सँभल रही। फिर धीरे से केवल 'माफ कीजिएगा, धन्यवाद' कहकर शून्य आँखों से पर्दे की ओर देखने लगी।

'इंटरवल' में उस युवक ने झेंपते-झेंपते पूछा कि क्या उसकी तबीयत खराब थी? उसके योग्य कोई सेवा? 'विंटो' का एक गिलास क्या वह नहीं लेगी, कृपया? और फिर दो-दो स्ट्राओं के सहारे उसे सिप करते-करते फिल्म पर विचार-विनियम होने लगा।...और फिल्मों की तरह कारुण्य और भावुकता

की ग्राम्यपूर्ण नग्नता इसमें नहीं। कैसी केन्द्रित, फलत: और अधिक चोट करनेवाली प्रच्छन्न बारीकी है और यही तो कला की, प्रभाव की दृष्टि से, पराकाष्ठा है, इत्यादि-इत्यादि।...ऊभ होते-होते उसने हारिणी को, उसकी अपनी सवारी न हो तो, घर तक अपनी कार में पहुँचा देने की अनुमति भी बड़े संकोच से माँगी। और कुछ अपना परिचय दे दिया कि वह एम.ए. का विद्यार्थी है, प्रख्यात एडवोकेट खेतान साहब का लड़का। वह कोई आवारा-शोहदा नहीं। इसको प्रमाणित करने के अनावश्यक प्रयत्न पर मुस्कुराकर हारिणी ने 'हाँ' कह दी।

और घर पहुँचाकर वह हारिणी के साथ भीतर भी आया। थोड़ी देर बैठा तो जैसे आराम नहीं मिल रहा हो। दृष्टि उसकी इसके मुख पर से हटती नहीं, और यह सभ्यता के विरुद्ध है। अत: अपनी आँखों को सचेष्ट नीची किये हुए बातचीत का सिलसिला तो किसी तरह जारी रखे रहा, पर वह जैसे कुछ और ही कहना चाहता—क्या,सो वह स्वयं नहीं समझ पाता। फिर अपने से एकदम असन्तुष्ट वह चलने को उठा, और आने का निमंत्रण पा, बाहर हो रहा।

अनुभवशून्य विद्यार्थी प्रबोधचन्द्र दिल की बेकरारी का अर्थ नहीं समझ सका। लेकिन प्रथम दर्शन पर प्रेमोद्भव को कब कोई भी समझ सका?

और आज एक सप्ताह के दैनिक मिलन के अनन्तर उसने हारिणी से सहसा विवाह का प्रस्ताव जो कर दिया तो अप्रत्याशित इस अनभ्र वर्षा से वह एकदम साँस रोके रह गई। झम्पा की तरह ले उड़नेवाले इसके प्रेम की प्रबलता से वह पहले ही इतने वेग से चल रही थी। आज जैसे एक और धक्का दे दिया कि उसे सँभलने का मौका तक न मिला। वह तो इतना भी नहीं समझ पाई कि उसे इस प्रेम के लिए प्रतिदान करने की इच्छा है कि नहीं। प्रबोध के प्रेम की प्रचुरता समझने का अवकाश भी हो! लेकिन इतना तो वह जानती है कि इसके प्रेम की वास्तविक प्रबलता और निष्कपटता के अनुरोध से वह दब गई। और क्या प्रबोध के साथ विवाह कर लेने से उसके

हृदय को ही सुख मिलेगा? संसार की दृष्टि से भी तो उसके लिए स्वर्ग का द्वार ही खुल गया! और तब उसने एक शर्त अपने से निश्चित कर ली कि वह प्रबोध से अपनी बिगड़ी स्थिति कह देगी। वह इसे फिर भी चाहे तो इसका अहोभाग्य, नहीं तो वह जी तो पहले भी रही थी ही...!

प्रबोध ने सुना तो आँखों के सामने ऐसी ज्योति छिटकी कि परितः स्याही-सा अन्धकार मालूम होने लगा। जैसे, लगा, देह की अनगिनत धमनियों से, साथ ही असाधारण वेग से चलकर गर्म खून की धाराएँ कंठ में ऐसी आ लड़ीं कि आँखों में ज्ञान नहीं, न मस्तिष्क में ज्योति। जैसे बिजली के तार के सुन्दर आवरण की प्रशंसा करने के समय अप्रत्याशित 'शॉक' लग गई। लौटी चेतना ने वाक्शक्ति लौटाई, तो उसे रंडी, कुलटा, धोखेबाज, यानी जो वह थी, वही केवल अनावश्यक रूप से अतिरंजित, अश्लील, आपत्तिजनक मात्रा में एक स्वर से कहकर, सुनाकर नहीं, वह नई अपनी 'फेल्ट हैट' को वहीं स्टैंड में लगी छोड़ निकल आया।

हारिणी स्निग्ध सुनती रही। जैसे पर्याप्त परिचित विषय पर जाना हुआ व्याख्यान सुन रही हो। आश्चर्य हुआ तो इसी पर कि और अधिक कटु, उत्तेजित क्योंकर नहीं हुआ प्रबोध और नीचता का तो जैसे उसे आभास भी नहीं मिला। लेकिन इससे क्या उसकी दशा और भी अधिक दयनीय, संकुचित नहीं हो गई? आखेटकों से परितः घिरी हरिणी-सी उसके लिए बस एक सन्दिग्ध मार्ग रह गया। सर्वस्व खो देनेवाले जुआरी के हाथों में अब अन्तिम ताश का पत्ता बच रहा है—अब उसे भी खेल ही देना पड़ेगा, बेकार की अन्तिम इकन्नी है—लेकिन उसे भी अब खर्च होना ही पड़ेगा। जब तक कोई भी दूसरी आशा थी, वह इस तरफ अन्तिम निश्चय करने से बच रही थी। लेकिन अब तो इधर ही मुड़ना पड़ेगा। और कहीं यह अन्तिम अवलम्ब भी धोखा दे दे, तब? इस अन्तिम फल की प्रतीक्षा में कैसी निस्पृह निराशा है और कैसी यंत्रणा! लेकिन अब तो उसे इसका सहारा तुरन्त लेना पड़ेगा। गिरने के लिए उठना और उठने के लिए गिरना अब हारिणी से नहीं हो सकेगा। अब

चाहे तो उठकर खड़ी ही रह जाएगी या गिरेगी तो फिर हर वक्त के लिए। और इस वक्त तो अत्यधिक आशावादिनी हारिणी को भी जाने क्यों अपर के चिन्तन में ही ज्यादा आराम मालूम होता कि गिर जाए हरदम के लिए... और...और 'अब कोच पर ही सो रहूँ', यह कहकर कई दिनों के जागरण से अनिद्र हारिणी जहाँ-की-तहाँ बिखर रही...।

[4]

सोने के वक्त गिरोही रहने की आकांक्षा भले प्रबल रही हो, सुबह उठने पर उठी ही रहने के लिए अन्तिम इष्ट यत्न करने के लिए, मन में निश्चय कर लिया, वह उद्यत थी।

फोन पर कहा ठाकुर साहब से, 'ठाकुर साहब, यह जो तुमने साधिकार कहा था कि हम-तुम एक-दूसरे के बिना रह ही नहीं सकते, इसकी अनुभूति मेरी इतनी प्रबल हो रही कि उसकी अभिव्यक्ति करने को मैं बाध्य हो रही। लेकिन यह कह चुकने पर मुझे एक तरह की स्वस्थता ही मालूम होती। शाम को चार बजे, ठीक?'

दिन में टूटा-टूटा, अनुपात से भरा प्रबोध भी आया। हारिणी निश्छल स्नेह से मिली, जोर देने पर 'क्षमा किया' कहा, लेकिन फिर भाई की तरह ही उसे लेने को अपने को राजी पा सकी। प्रबोध भी बढ़ी श्रद्धा में मानकर चला गया।

ठाकुर साहब ठीक चार बजे शाम को पहुँचे। लेकिन मालूम ऐसा होता कि बड़ी जल्दी करके पहुँच सके हों। उसी धीर हार्दिक अभिवादन के बाद बैठते—आराम की साँस लेकर कहा, 'जिस दिन तुम्हारे साथ सिनेमा नहीं जा सका, उस दिन से अभी साढ़े तीन बजे तक बस बहन की ही सेवा में तत्पर रहा...छोटी एकमात्र मेरी बहन...उसके मारे मैं भावुक, साश्रु तक बन गया, लेकिन हाँ, जानो तुम हारू, आज तुम कहतीं-न-कहतीं, वह जब चली गई, तो मैं आता ही।'

बाहर से तो वैसा कोई विशेष परिवर्तन नहीं दीख पड़ा, लेकिन इस समाचार को सुनने के बाद से ही हारिणी कुछ इस तरह का अनुभव करने लगी कि इसके पहले यों सर्वात्मना स्वस्थ वह कभी नहीं रही...!

छोटी-सी कार में शारीरिक सामीप्य तो था ही, आज हार्दिक सामीप्य भी नितान्त सन्तोषदायक मालूम होता था। लेकिन वस्तुतः बात उलटी थी। इसी शारीरिक सामीप्य के बिना तो हृदय का सामीप्य क्लीव ही रहता था। दो नदियाँ पहले समानान्तर, सम-वेग बहती थीं, फिर अलग-अलग। तब नहर जैसे इन्हें मिला दे, वैसे ही आज आवश्यक 'कुछ' शारीरिक सामीप्य द्वारा हो गया था।

'['विश्वमित्र' (साप्ताहिक) : 1937]

तृप्ति

तृप्ति डिनर के बाद नीचे ठहरना एकदम नापसन्द करती है। पापा चाहते हैं कि वह खाने के बाद उनके साथ बाग में थोड़ी देर घूमे। इससे उसकी सेहत को फायदा होगा। वह पीली पड़ती जा रही है। पढ़ना-लिखना ठीक है, लेकिन यह क्या कि हर वक्त तिमंजिले की उस कोठरी में बन्द बैठी रहे!

ममी की ब्रिज पार्टी भी खाने के बाद जमती है। ममी चाहती हैं कि तृप्ति उनके पास बैठे और संकट आने पर सलाह दे। ममी का यह भी खयाल है कि आखिर तृप्ति सोसायटी में बैठना-उठना, बोलना और चमक सकना कब सीखेगी? इसके लिए ब्रिज पार्टी से ज्यादा अच्छा मौका एक भले घर की लड़की को कहाँ मिल सकता है?

उस दिन मिसेज सक्सेना, जो हर रोज ब्रिज खेलने के लिए, नौ बजे तक जरूर आ जाती हैं, तृप्ति की ममी से कह रही थीं कि यह देखो न, तृप्ति तो नमस्ते के सिवा और जैसे कुछ बोलना जानती ही नहीं। ममी ने पूछा तो तृप्ति का जवाब था कि तो वह मिसेज सक्सेना से बातें करती भी तो किस विषय पर? साड़ी और ब्लाउज के बारे में वह कुछ देर तक बातें कर भी सकती थी, लेकिन मिसेज सक्सेना की रुचि को जानते

हुए वह चुप रहने में ही खैरियत समझती थी। मिसेज सक्सेना कॉलेज के स्कैंडल सुनना-सुनाना पसन्द करती थीं। इससे तृप्ति को नफरत थी क्योंकि वह अभी बूढ़ी नहीं हुई थी, न बदसूरत थी कि लड़कियों के रहस्यों में दिलचस्पी रखे।

मिसेज कोकर की भी कुछ ऐसी ही शिकायत थी तृप्ति के बारे में, उसकी ममी के पास। लेकिन तृप्ति के यह कहने पर कि मिसेज कोकर उसे इस तरह थपथपाकर आशीर्वाद देने के फिराक में रहती हैं, जैसे कोई खूसट बूढ़ा मौका मिलने पर किसी रिश्ते की छोटी, पर उम्र में बढ़ती हुई लड़की को। ममी ने भी कहा था कि ठीक ही करती है तृप्ति, इतनी तो अक्ल है उसे। सचमुच कोकर है भी चुड़ैल; हाँ, ब्रिज में बिना उसके मजा नहीं आता, हालाँकि उन्हें बहुत दिनों से शक है कि वह ताश खेलने के वक्त भी कुछ तिकड़म करती जरूर है।

और बेगम साहिबा से तो तृप्ति और भी ज्यादा घबराती है। तृप्ति ने एक बार उनसे पूछा था कि उन्होंने शरत् बाबू की कौन-कौन-सी किताबें पढ़ी हैं? बेगम साहिबा ने कहा था कि चूँकि वे सुभाष बाबू के भाई हैं इसीलिए उनकी तकरीर वगैरह कभी-कभी अखबारों में पढ़ लेती हैं, लेकिन सुभाष बाबू की बात ही कुछ और थी। तृप्ति ने समझा कि उसने बेकार ही सवाल किया था। शरत् बाबू के उपन्यास न भी पढ़े हों बेगम साहिबा ने, उनका इस साहित्यकार के साथ आध्यात्मिक साम्य था। तृप्ति शरत् बाबू को भी बर्दाश्त नहीं कर पाती थी, गोकि वह रोना चाहती थी तो उनकी किताबों को वह बहुत मुफीद पाती थी और उन्हें आजमूदे नुक्शे की तरह काम में लाना नहीं भूलती थी। लेकिन किसी हालत में वह बेगम चची की असफल प्रणय-गाथा सुनना गवारा नहीं कर पाती थी। बेगम चची को देखने के बाद, सच बात थी कि तृप्ति को उनकी कहानी पर विश्वास ही नहीं होता था, गरचे उनसे ही उसने इस पौराणिक तथ्य की जानकारी भी हासिल की थी कि लैला या शीरीं भी जन्नत की हूर नहीं थीं।

मिस जॉन तृप्ति की ममी की ब्रिज मंडली की चौथी नियमित सदस्या थीं और तृप्ति खुद भी नहीं जानती थी कि वह उनसे घृणा करती थी या उनका आदर। किसी हालत में वह उनका रुआब तो जरूर मानती थी। पचास साल की इस औरत के बँगले पर जब एक दिन वह अचानक पहुँच गई थी और अन्दर जाने पर शामू माली के साथ उन्हें उस हालत में देखा था जिसमें तब वह धुँधली तरह से समझने ही लगी थी कि औरत-मर्द हुआ करते होंगे। तब वह कई रोज तक जिन्दगी से एक धक्के के साथ दूर जा पड़ी थी, जैसे बिजली के जीते तार को छूने पर कोई महसूस करता है। वह मिस जॉन के रक्तहीन चेहरे और होंठों पर लगे रूज और लिपस्टिक के लाल धब्बों और लाल लकीरों से भी नफरत करती थी। उनके मुँह और पसीने से लैवेंडर और पाउडर को भेदकर निकलने वाली बू से तो उसे मितली आने लगती थी। और फिर भी इधर तृप्ति उनसे कभी-कभी जैसे एक आशा लेकर बातें करती थी और उसकी ममी थोड़ी-थोड़ी देर के लिए हैरत में पड़ जाती थीं कि इस तृप्ति को हो क्या गया है।

आज भी तृप्ति मिस जॉन से बातें करती रही और उसकी ममी उसकी ओर देख-देख लेती रही। खाना हो चुका था। लेकिन मिसेज कोकर और बेगम साहिबा नहीं आई थीं। पापा ड्राइंग रूम में किसी से बातें कर रहे थे। उनके और मेहमान के लिए कॉफी लेकर तृप्ति ड्राइंग रूम में गई तो वहीं रह गई और ममी तब तक बार-बार ड्राइंग रूम के दरवाजे की तरफ अविश्वास के साथ देख-देख लेती रही जब तक मिसेज कोकर और बेगम साहिबा नहीं आ गईं और ब्रिज शुरू नहीं हो गया क्योंकि उसके बाद और बातों की फिक्र करने का वक्त कहाँ!

ब्रिज तकरीबन ग्यारह बजे रात तक चलता रहा। जब तृप्ति की ममी अपनी मित्राओं को बाहर तक छोड़ने आईं तो तृप्ति और उसके पापा अन्दर आ चुके थे। तृप्ति इतनी देर तक रात में नीचे ही है, यह देखकर उन्हें बहुत आश्चर्य हुआ। उसके पापा के लिए तो खास देर हुई नहीं थी!

उन्होंने तृप्ति को गुदगुदाते हुए पूछा भी कि बात क्या है, और तृप्ति और दिनों के समान दोस्त की तरह मजाक का जवाब मजाक से देने के बदले अपनी ममी से लिपट गई, जैसे बेटी ही माँ से लिपट सकती है। तब उन्होंने भी उसे बाँहों में भरते और हँसी दबाने की कोशिश करते हुए पूछा था, 'मुझे बताया तक नहीं! राजू आया था न?'

'ममी को बताने ही क्यों लगी। और क्यों जी, तुमने ही क्यों नहीं बतला दिया भला?'

'अरे, मेरी इतनी हिम्मत कि ताश के खेल जैसे जरूरी काम में खलल पहुँचाऊँ!' तृप्ति के पापा ने घनी भौंहों और मूँछों में मुस्कुराते हुए जवाब दिया।

और तृप्ति अन्दर भाग गई और जीने पर उसके पैरों की खट-खट सुनकर उसके पापा और ममी भी जैसे बहुत जरूरी किस्म की बातें करते हुए अपने कमरे में चले गए।

जीने के अभ्यस्त अन्धकार में तृप्ति क्षण भर के लिए भी रुकी नहीं। वह बहुत छोटी थी, तो खेल-खेल में राजू उसे पकड़ने दौड़ता। और वह इन्हीं सीढ़ियों पर तो भागती थी, जो सीढ़ियाँ आज लगता है, उसे स्वर्ग के द्वार तक पहुँचा देंगी। राजू दौड़ता था, जीना जहाँ बीच बाएँ मुड़ता था, तृप्ति सामने दीवार से टकराते-टकराते बची...राजू दौड़ता था...और बिल्टू? वह बिल्ली होती थी...हिरनी होती थी...अब तो वह हाँफने लगती, लगी है...और भोंदू राजू...? तृप्ति को अपनी खिलखिलाहट सुन पड़ी...गेंद की तरह गोलमटोल राजू लुढ़कता हुआ दौड़ता उसे पकड़ने...अब वह कितना दुबला हो गया है! और बिल्टू—शेर का बच्चा...? वह छलाँग मारता और तृप्ति कुलाँच भरती पकड़ में आते-आते बच निकलती...। अब वह दौड़ती है तो हाँफने लगती है। फिर भी वह राजू को आज भी बहुत पीछे छोड़ दे सकती है। लेकिन राजू उसे पकड़ने दौड़ेगा अब...अब उसे बिल्टू शेर की तरह पकड़ लेता है। वह शेर के पंजों में हिरनी बनी रहना चाहती है। वह

बिल्ली की तरह अपने लम्बे नाखून बिल्टू के जिस्म में गड़ा देती थी और बिल्टू उसकी लम्बी चोटी पकड़कर उसे अपनी ओर घुमा लेता था। वह खेल में हार जाती थी, वह रूठ जाती थी, फिर बिल्टू के साथ नहीं खेलने की कसम खाती थी। बिल्टू भी खुद खेलने को कभी नहीं कहता था, खेलने के लिए राजू ही उसे मनाता था। वह हार जाती थी। बिल्टू हर बार जीतता था। राजू गेंद की तरह लुढ़कता रहता और खूब हँसता। वह चाहती रह जाती कि राजू उसे उस तरह हरा सकता जिस तरह बिल्टू। वह राजू से हार जाने का स्वाँग रचती। तब राजू हँसता नहीं था, वह शरमा जाता था। तृप्ति को भी मजा नहीं आता था...।

जीना तय कर दरवाजे का पर्दा चीरती हुई तृप्ति अपने कमरे में घुसी और पलंग पर धम्म से गिर गई। वह बुरी तरह हाँफ रही थी।

वह जानती थी कि राजू उसे इस तरह हाँफते देखता तो उसके हाथ के तोते उड़ जाते और वह अपने को परेशान कर डालता। बिल्टू देखता तो जानवर की तरह हँस देता। और तब वह साँस रोककर खड़ी हो जाती और उसे तमाचे लगा देती। ऐसे मौकों पर वह जानती कि वह पूरी तरह हार गई है। तब बिल्टू विजेता की हँसी हँस देता और जता देता कि तृप्ति के तमाचे और हार उसे बहुत अच्छे लगे।

ऐसे क्षणों में बिल्टू, तृप्ति के साथ बचपन में खेलनेवाला शोफर का लड़का और अब शोफर नहीं रह जाता था। मोटर चलाने के वक्त वह तृप्ति के पिता के पुराने शोफर का बेटा, और अब खुद ही शोफर बना रहता था। तृप्ति मोटर लाने को कहती तो वह अदब के साथ 'लाया, मेम सा'ब' कहकर मोटर लाता। मोटर रुकती तो वह फुर्ती और चुस्ती के साथ, तनिक झुककर, मोटर का दरवाजा खोलता और तृप्ति के आदेश की प्रतीक्षा करता। वह एक ईमानदार और होशियार शोफर था। वह अपने पुराने मालिक और उनके घरवालों के साथ अदब और कायदे से बातें करता था। तृप्ति के माता-पिता को या स्वयं तृप्ति को उससे कोई शिकायत नहीं थी। बचपन से

ही वह घर के ही एक आदमी की तरह इस परिवार में पला था और आज भी पलता था। लेकिन इस कमरे में आकर बिल्टू गुफा में रहनेवाला जंगली, शिकारी, असभ्य आदमी बन जाता। तृप्ति के अन्दर कहीं वह आदिम औरत जाग उठती जिसने ऐसे पुरुष को बहुत दिनों तक अपना अनुचर बनाए रखा था। वह उसी तरह हार भी जाती थी जिस तरह कभी आदिम औरत आदिम मर्द की अधीनता स्वीकार करने को विवश हुई होगी। तृप्ति बार-बार विद्रोह करती। बचपन से ही वह इस पुरुष से हार मान लेने में अपनी हेठी समझती रही थी। उसने अपने कटु शब्दों से बिल्टू को अपमानित किया था। उसे अपने नुकीले नाखूनों से खरोंचा था और उसकी आँख तक निकाल लेने की कोशिश की थी। वह अपने विरोध की तीव्रता के उलटे अनुपात में परास्त होती रही थी।

तृप्ति ने बिल्टू के माध्यम से अपने व्यक्तित्व की परीक्षा करनी चाही थी, जिन्दगी को जीने और समझने की कोशिश की थी। लेकिन खेल उलझन में बदलता जा रहा था, ऐसा इधर तृप्ति को लगा है। बिल्टू ज्यादा हूश होता जा रहा था। तृप्ति को पराजित देखकर पहले उसे जैसे क्या नहीं मिल जाता था। इधर तृप्ति ने कई बार पाया है कि आतंक और पीड़ा से थर-थर काँपती उसे छोड़कर बिल्टू बाहर चला गया है।

तृप्ति तभी यह महसूस कर पाई थी कि वह यह सब जीने और परखने के लिए नहीं कर रही थी। ऐसा वह समझती जरूर रही है। पर यह उसका भ्रम था और अपने बारे में भ्रम था। असल में वह राजू से प्रतिशोध ले रही थी। और राजू ने काफी देर बाद ही सही, लेकिन किस तरह पराजित कर दिया है उसे! यहाँ तक कि बिल्टू एक दु:स्वप्न के सिवा उसके लिए कुछ भी तो नहीं रह गया था अब।

तृप्ति कोशिशें कर थक चुकी थी कि उसकी कड़वी बातें सुनकर राजू उसे फटकार देता, चाँटे रसीद करता और फिर उसे दिखा देता कि वह उसकी नजर में बिलकुल कुछ नहीं है।

तृप्ति को यह याद आने पर आश्चर्य हो रहा था कि कैसे उस दिन झल्लाकर उसने यहाँ तक राजू से कह डाला था कि क्या बिल्टू से भी गया-बीता व्यक्तित्व है उसका—जिस पर राजू जरा हँसकर चुप हो गया था।

यह सब तो था और तृप्ति इन बातों पर सोचती भी जा रही थी, लेकिन जैसे उसकी उलझनें सुलझ गई थीं। जिन समस्याओं ने इधर उसे इतना चिन्तित कर रखा था कि उसका स्वास्थ्य गिरता जा रहा था—जिसका कारण उसके पिता समझते थे कि ज्यादा पढ़ना है—वे समस्याएँ राजू की एक बात से खत्म हो गई थीं। आज राजू ने आते-आते मौका पाकर उससे कहा था, 'अब तो हमारी शादी तय हो गई। कल शाम को अकेली वहाँ मिलोगी?'

राजू ने यही इतने दिनों से नहीं कहा था। तृप्ति उससे इसी का बदला ले रही थी और यह बिल्टू समझता था कि न जाने क्या-क्या!

जँगला खट् की आवाज के साथ इसी समय खुला तो तृप्ति चौंकी, हालाँकि डरी या घबराई नहीं, जैसे इसकी सम्भावना उसे थी। बिल्टू ही था। और वह पहली बार इस रास्ते से नहीं आया था।

बिल्टू विश्वास के साथ उसकी ओर आ रहा था। तृप्ति हाथ का सहारा लेकर अधलेटी बिस्तर पर पड़ी रही। सदा विजय पाते आनेवाले बिल्टू ने नजदीक आने पर तृप्ति के चेहरे पर कुछ देखा कि वह सहमकर ठिठक गया।

तृप्ति ने उँगली से निर्देश करते हुए शान्त, संयत स्वर में सिर्फ यही कहा, 'अभी यहाँ से निकल जाओ और देखो, फिर यहाँ कभी मत आना।'

बिल्टू खड़ा रहा।

तनिक ऊँची आवाज में इस बार तृप्ति ने कहा, 'गेट आउट!'

बिल्टू एक बार उसकी तरफ बढ़ने को हुआ लेकिन साफ नहीं समझते हुए भी उसने कुछ महसूस किया और वह धीरे-धीरे खिड़की के रास्ते ही बाहर हो रहा।

बिल्टू ने दूसरे दिन घर की पुरानी नौकरानी से सुना था कि राजू बाबू लड़ाई पर से छुट्टी लेकर आए थे। उन्होंने लड़ाई में बहुत बहादुरी का काम किया था, यह भी नौकरानी ने बताया था। और यह कि तृप्ति के साथ विवाह होने के बाद ही फौज की अपनी नौकरी पर जाएँगे।

राजू की बहादुरी की बात पर बिल्टू को विश्वास नहीं हुआ। वह यह भी समझ नहीं पाया कि तृप्ति इस तरह बदल क्यों गई अचानक।

लेकिन अगले दिन मिलने पर जब राजू ने उससे हालचाल पूछा तो वह यह दरियाफ्त कर रहा था कि क्या उसे फौज में नौकरी मिल सकती है?

['पाटल' : अक्टूबर, 1953]

सादी तसवीरें

रात के बारह बज गए होंगे। जाड़े की रात में हमें दोस्त के दौलतखाने से अपने गरीबखाने वापस लौटना है। हमें इत्मीनान है। आम रास्ते पर हर वक्त रिक्शे मिल जाते हैं...।

हाथ कंगन को आरसी क्या! फाटक पर ही रिक्शा मिल जाता है, जैसे अपनी मोटरकार इन्तजार कर रही हो!

लेकिन, हम पूछते हैं, 'यह पाँवदान पर गठरी कैसी है? वह हटती नहीं, तो हम बैठें कैसे?'

'अरे बाबूजी, जरा इधर पैर रखकर बैठ जाइए। आपको कोई तकलीफ नहीं देगा...जी, मेरा बच्चा है, माँ पन्द्रह दिन हुए, मर गई...कहाँ छोड़ूँ?...जी नहीं, अब तो आदत हो गई है, बड़े आराम से सोता रहता है।'

बच्चा निश्चेष्ट सोया है। आराम से सोया है। 'आराम से सोया है,' रिक्शावाले ने तो यही कहा है...।

कलकत्ते में ट्राम पर, बगल में बैठे बंगाली बाबू माचिस माँगते हैं। माचिस देता हूँ। आग्रह के साथ सिगरेट भी। काफी दूर जाना है, यह कहना गलत नहीं। न जाने किस प्रसंगवश बंगाली बाबू कह रहे हैं।

'...बच्चे...? हें-हें! बच्चे तो पाँच हैं। तीन लड़कियाँ हैं। कुल मिलाकर आठ होते। तीन नहीं रहे...।

'रोज तड़के सात मील से आना पड़ता है। पुस्तैनी मकान है। शहर में एक फर्म में किरानी हूँ...।

'हाँ, बच्चे? बड़ा, इतना बड़ा होगा। सबसे छोटा इतना।'

यह बंगाली बाबू का कुछ...?

आदमी उम्र को, जमीन से हाथ ऊपर ले जाकर ऊँचाई दिखाते हुए सूचित करता है। यह दोनों हाथ इस तरह फैलाकर बतला रहे हैं, जैसे उनके बच्चे जमीन पर पाँव के बल खड़े नहीं होते। तो क्या वे सोते ही रहते हैं?... या बंगाली बाबू ही कुछ...?

नहीं, बंगाली बाबू मेरे विस्मय को देखकर बेजान ढंग से मुस्कुराते हैं। अन्धा अपनी फूटी आँख पर आप ही मजाक करता हो! लँगड़ा अपने चलने पर खुद ही हँसता हो...!

'ओह, आप समझे नहीं? सभी को बतलाना ही पड़ता है। मुझे रोज तड़के सात माइल से आना पड़ता है। आपको शायद नहीं बतलाया था, ऐं? बच्चे सोते रहते हैं। बारह-बारह बजने पर रात में लौटता हूँ। बच्चे सोते ही रहते हैं। पिछली बार उन्हें खड़े कब देखा था, याद भी तो नहीं। ज्यादातर उन्हें सोते ही देखता हूँ। इसीलिए आपको हाथ ऐसे फैलाकर बतलाया था।... जरा माचिस तो दीजिएगा।'

मैं माचिस भी देता हूँ। आग्रहपूर्वक सिगरेट भी।

['उषा' : 1944]

रीता को

'प्रिय रीता,

तुमने कल जो कुछ कहा, वह बिलकुल ठीक है। कल क्षण भर के लिए मैं अपने पर अपना अधिकार हार गया, क्षमा करना।

तुमने समझधारी का राजमार्ग चुना है। प्रेम की सँकरी और कँटीली गली में प्रवेश करते-करते तुम्हारे पैर ठिठक गए, यह अच्छा ही हुआ। तुमने खतरे के बदले सुविधा चुनी है। मैं सच कहता हूँ, तुमने अक्लमन्दी का काम किया है। यदि मेरा प्रेम नि:स्वार्थ होता—जैसाकि मैं अपने मन में सोचा करता था तो मुझे खुद ही, बहुत पहले ही, अपने को तुम्हारे संसार से अलग कर लेना चाहिए था। मेरी जीवन-यात्रा में शामिल होने से तुम्हें कितने कष्ट उठाने पड़ते! क्या वैसी हालत में मैं अपने को कभी क्षमा कर सकता?

मेरी कोशिश, तुम्हें अपनी छाया से भी बचाऊँ। आज न जाने कितने पत्र शुरू किये और फाड़ डाले। 'प्रिय रीता'—यह नीरस सम्बोधन जल्दी सूझता ही नहीं था। खैर, यह आखिरी खत है। तुम्हारा सम्बोधन करूँ और इस तरह।

इस पत्र को यहीं एकबारगी खत्म करता हूँ। शुभ निश्चय की दृढ़ता को मेरी स्वार्थी रिश्ता न देना।

पर एक बात। मेरी लेखनी में शक्ति नहीं, इस बार भी नहीं।

अपनी एक बात, दूसरों के काव्य और उसकी काव्य-रचना पर हँसनेवाला वह खुद अब चला कवि बनने—जरूर किसी 'षोडशी' ने की होगी जनाब की अवमानना।...अह्, वह भी किन संकीर्ण मस्तिष्कवालों के बारे में लगा सोचने! वह ऐसे ही कथित कवियों का विरोध है कि वह अपने को अकवि कवि कह सकता। यह रतन है। अट्ठाईस में पैंतीस और ज्यादे का लगता। धँसे गाल। नि:शक्त कटि। संकीर्ण स्कन्ध। कुंचित पलकों और भृकुटि की त्वचा। घर में कुरूपा परित्यक्ता पत्नी। और यह भी नहीं होता कि उसे कह दे, चाहो तो मेरी तरह तुम भी स्वतंत्र हो। और जिनकी कल्पना कर सकता, उनसे बढ़कर मूर्तिमती नायिकाओं का साहचर्य प्राप्त करे। लेकिन ऐसा ही होता तो उसमें और रतन में भेद ही क्या?

पुरुष और नारी के सम्बन्ध में कैसी ग्राम्य प्रच्छन्न आकांक्षा कि उस दिन ही पार्टी में उसे मिस रस्तोगी से परिचित कराया तो नमस्कार का उत्तर तो यथारीति से दे लेता, पर उलटे घिग्घी बँध गई; और आचरण की अभद्र टकटकी उस ओर लगाई तो गालों में सुर्ख प्रकट उपेक्षा के साथ वह दूसरी ग्रुप में नहीं लौटने को, चली जाने को बाध्य हो गई थी। यह उसे अस्वीकार हो ही क्योंकि हाँ, रतन कवि तो निश्चय है कागज पर। यह वह स्वयं नहीं है। ठीक। इसीलिए तो वह अकवि है। लेकिन उसका जीवन ही कविता है। अत: वह कवि भी, अकवि पूर्व भाव में होता हुआ, है ही। रतन की कविता कल्पना की स्पष्ट मुद्रा लिये क्षणभर को दृष्ट किसी सुन्दरी के लिए होती। क्लीव। व्यर्थ। और वह है कि दृष्ट, परिचित, इन्दिरा के लिए जीवन को कविता बनाए हुए—पुरुष-पुरुष, निश्चित लक्ष्य के लिए सकाम कविता बनाए हुए।...यह दाढ़ी बनाने का प्रश्न भी हिन्दू-मुस्लिम-ऐक्य की तरह पूर्णत: हल होगा कि नहीं? इतना विज्ञापित यह शिक् भी कहाँ ठीक क्लीन शेव कर सका रहा—नाक के नीचे अभी तक यह काला-काला है। डैमिट्।...

तभी बाथरूम से निकल बटलर ने उस्तरे को होंठ पर बार-बार फेरने की यांत्रिक अनावश्यक क्रिया में इष्ट व्याघात दिया।

'बाथ, सा'ब, तैयार है,' अर्द्धसैनिक असम्बद्धता से सूचित कर उसने उस्तरे को हाथ में ले लिया और आनन्दमोहन बाथरूम में दाखिल हो गए।

परिचित कलकत्ते के अपने फ्लैट के बाथरूम से होटल के इस बाथरूम की व्यवस्था को दूसरे प्रकार की पाते। बाथ टब। भीतर ग्लेज्ड सफेद। बाहर काला। बाहर-भीतर शीशे-सा चिकना। शीशे-सा बिम्बग्राही। कोई पाँच फीट लम्बा। चौड़ा कोई दो फीट। आधे से अधिक गहराई में गच में धँसा। बाईं ओर तीन पुर्जे। क्रोमियम चढ़े। चक्राकार हैंडिलवाले। दो उष्ण और शीतल जल के 'उष्ण-शीत' की छाप लिये। तीसरा बीचवाला ऊपर के क्रोमियम चढ़े झरने के लिए। सिर की ओर आधी, दूर शीशे का पर्दा। पैर की ओर दीवाल में लगा कद्दे-आदम के शीशा कि स्नान करनेवाला अपने को इसके दाहिने देखता रहे। दीवाल से लगा क्रोमियम-चढ़ा प्रक्षालव-पात्र। इसमें भी बीच में 'उष्ण', 'शीत' पुर्जे। ऊपर गोल शीशा। पास ही टब और पात्र के बीच दीवाल में तौलिया के लिए पीतल का चमकता दंड। दीवाल के कोने गोले। चाँदी और काली, वर्ण-व्यवस्था। खुला, फिर भी टब के भरे उष्ण जल से इषत् उष्ण वातावरण।

ठाकुर सा'ब तौलिए के वेदिंग गाउन को यथास्थान फेंक सँभलकर टब में उतर गए। टब में जैसे फेन-ही-फेन हों। सफेद फेन। ढेर-का-ढेर फेन। ज्यों समुद्र का स्नानागार हो! गंध भी कड़ी विशुद्ध समुद्र की। और इसी कड़ी समुद्र की गंधवाले सफेद फेन से भरे-फूले स्पंज से छाती को मलते ठाकुर सा'ब सोच रहे थे कि—सिमसन के इस आयोडाइन सोप को व्यवहृत करने के पहले स्नान से कैसे आखिर होती थी उन्हें तृप्ति!...और उन्हें अचानक लगा कि इतनी देर तक का दार्शनिक विश्लेषण, दाढ़ी बनाने की क्रिया में तल्लीनता, स्नानगृह की व्यवस्था का अध्ययन आदि-आदि वर्तमान में ही रहने का बलपूर्वक लिये यत्न वृथा ही हुए। जैसे प्रवाह में वह जाने के डर

से एक ही स्थल पर रुके रहने के लिए प्रयत्न करते-करते हठात् मांसपेशियों में जड़ता आ जाए और तैराक विवश अनिष्ट की ओर उखड़ चलें...।

आँखें जैसे कुछ सोच रहीं। मस्तिष्क देखने लगा...अविच्छिन्न साधना यहाँ करता रहा, करता ही रहा, वह कलकत्ता। और कलकत्ता में 'फर्पो' और ग्रैंड में ही लंच और डिनर की बड़ी पार्टियों में जिसे पाने की प्रतिज्ञा नहीं पा सका, न ही जिसे उसके शयनागार में अकेले एकदम पास बैठकर ही पा सका, उसी की प्राप्ति की सम्भावना की आशा—तार पा...दस मिनटों के अन्दर डायना फ्लैट छोड़ देना!—और पन्द्रह मिनटों की दूरी पर के हावड़ा स्टेशन को पाँच मिनटों में पहुँच जाना, नई मोटर की देह को जर्जरित करते, पुलिस की सभी वेग-मर्यादाओं का उल्लंघन करते, कि जो पहली ट्रेन मिले, वही उसे ले ही दौड़े।....रात भर जागा। दिन में अचेत। मुगलसराय...लखनऊ...हरदोई... पंजाब की नीरव शुष्कता...पिंडी। रावलपिंडी। पिंडी से पहाड़ों पर चक्करदार चढ़ाई। नई खास टैक्सी पर। निडर पेशावरी द्वारा परिचालित। चक्करदार गति की तरह चक्कर खाती चेतना में मालूम होता था, पहाड़ियाँ नीले और हरे कागज की तरह अवास्तविक होती जा रहीं। टैक्सी का आन्दोलन उसके सवेग धावन के शब्द, लगता, उनकी वर्तुल बाह्य रेखाओं को वैसा कम्पन दे देता, जैसा कागज का लम्बा एक खंड साज में ऐंठने पर बजाता।...फिर कश्मीर, श्रीनगर। 'होटल निडाऊ'। इन्दिरा ने कितने स्नेह और फिर भी कितने अन्तर से स्वागत किया था! वह इधर-उधर उसके स्थान, विश्राम के लिए यह-वह कर रही। पर क्या वह सचमुच नहीं जानती थी कि उसे विश्राम की तनिक भी जरूरत नहीं? वह वैसी सौ यंत्रणाओं की रौरवता पार कर ले और फिर भी प्रसन्न, यदि केवल उसके पास पहुँच जाने पर वह उसे मिल सके। यों तब भी दूर-ही-दूर अपने में संकुचित खड़ी न रहे। उसकी बाँहों में, पात्र में सुरा की तरह, घुल जाए।

पानी में हल्की बिजली किसी ने दौड़ा दी जब आगे स्मृति बढ़ी। इन्दिरा और मंडली के साथ गुलमर्ग आना भी कैसा सुख था! पीछे की सीट पर

टेहुनों पर एक ही कम्बल रखे घंटों बैठे रहना। वह क्षण भर को भी स्पृष्ठ नहीं हुई थी, लेकिन जैसे वह कम्बल उन्हें जोड़े दे रहा था। और उसके टट्टू को बाद की लम्बी ढाल चढ़ाई के वक्त अपने पैदल चल दूर ले आने में, उसकी अदनी-सी सेवा करने में, वह सुख से आप्लावित हो उठा...।

उस रात्रि उसी गुलमर्ग की 'होटल निडाऊ' की शाखा के इसी कमरे में वह कैसा उदासीन बैठा था! अभी ऋतु का प्रारम्भ ही हुआ था। लोग आने ही लगे थे। बिजली चालू नहीं। मोमबत्ती का प्रकाश ठोस अन्धकार से मिल गया था। और दरवाजे की ओर मुँह किये आरामकुर्सी पर बैठा हुआ। आधी रात। सर्वत्र नीरवता। शीशे की खिड़की के बाहर बर्फ—सफेद बर्फ-ही-बर्फ। दूर स्थित चीड़ के वृक्ष लगते, जैसे सफेद बर्फ पर तनिक काली लकीरें पड़ गई हों! कमरे में आग जल रही थी, इसलिए वस्तुत: वहाँ बन्द कमरे में ठंड नहीं। फिर भी चाहे तो कल्पना से चारों ओर विनत तुषार में परित्यक्त समझ कँप-कँप जाए कोई। जैसे वही कँप रहा था। वह यहाँ आने के लिए आया नहीं। इन्दिरा के लिए आया। वह तो अपने कमरे में गर्म-गर्म सो रही होगी। वह एकाकी, तुषार में नहीं तो क्या? वह दूर ही रहता तो अच्छा कि यंत्रणा में वेगवान हृदय उष्ण रक्त को साधारण से अधिक ही शरीर में पहुँचाते। यहाँ जैसे वह अन्तिम प्रयत्न भी विफल हो गया। वह जैसे टूट गया है। बाहर के तुषार की ही तरह ठंडा पड़ गया हो—सो रहा हो!...और सहसा द्वार खुलने की आवाज पर वह तन्द्रा से जग गया था। बिना पूछे ही एक मूर्ति अन्दर चली आई थी—कोमल पद, गर्म, आहिस्ता-आहिस्ता, जैसे घर की निस्तब्ध बिल्ली हो! बहुमूल्य ऊनी ड्रेसिंग गाउन और जरा-जरा दीख पड़ते सफेद रेशमी चौड़े मोहरे के पाजामे को पहने, थोड़ी देर ऊपर नजर आनेवाले नग्न पैरों में कारपेट स्लीपर लगाये। किवाड़ में चाभी भर इन्दिरा चली आ रही थी। उसे डर था, वह कहीं स्वप्न नहीं हो। इसलिए निश्चय करने के लिए अविश्वस्त देखता ही रहा। यह भी सोच रहा था वह, क्या करे? वह क्यों आई? इन्दिरा, दूर-दूर रहनेवाली इन्दिरा, घनिष्ठ, फिर भी नारी के रूप में

अप्राप्य इन्दिरा अकेले आधी रात में कमरे में आ रही।...क्या सोते-सोते चलने की व्याधि है उसे? कि दृढ़ गति से इन्दिरा ने मेज के पास जा मोमबत्तियों को फूँक बुझा दिया। और वह छाया की तरह पलंग पर जा, गर्म रजाई को ओढ़ने का उपक्रम करने लगी थी।

अब श्रितशीत पानी में टेम्परेचर में कमी होने के कारण से, अधिक रोमांचक उस रात के स्मरण से, वह भीतर कँप गया। फेनवाले जल को उसने बह जाने दिया और फिर उसने जलवाले पुर्जे को पूरा खोल रखा। उसमें सहने लायक बनाने के लिए थोड़ा शीतल जल भी गिरा, स्नानीय चूर्ण (बाथ-साल्ट) छोड़ दिया। उसकी सुगन्ध उसे जरा भी पसन्द नहीं आई। इन होटलवालों ने भी कैसी चीज भिजवा दी!...यह इन्दिरा आखिर इसे, जैसे यह चाहता, प्रेम क्यों नहीं कर सकती भला? उसके नाम लाखों छोड़, उसके साथ विवाह के वर्ष भर बाद ही बूढ़े राजा साहब मरे। लोग कहते, इसने मातम तक नहीं मनाई थी। वह विश्वास तो नहीं करना चाहता लेकिन क्या कहता कि किंवदन्ती सच तो नहीं कि इन्दिरा को उसके पिता से खरीद राजा साहब व्यर्थ बीभत्सता के पतित्व की यंत्रणा उसे निर्दय दिया करते थे? नहीं तो उस दिन उसे स्वयं समर्पण करने के बाद वह इससे दूर-दूर क्यों रहने लगी? उसे याद हो आई काठ की वह कॉटेज, जिसमें वे होटल 'निडाऊ' से घूमने के बहाने निकल घंटों बैठते। पहले दिन बहुत प्रतीक्षा के बाद वह आई तो कैसे उनकी ओर घूम उसने अपनी बाँहों को अनवरोधनीय निमंत्रण में उठा दिया; और वे जुट गए ऐसे परिरम्भण में कि मिलित-नयन उन्हें विशुद्ध आनन्द और विस्मृति की कोई विचित्र ही द्वैध सनसनाहट मिली। और उस प्रणय-स्थल अनाक्रियणीय नीरवता में उन्होंने तीन घंटे साथ बिताए किस तरह मनसा, शरीरेण और अधरेण एकीभूत! होटल अलग-अलग लौटने के पूर्व बाग में घूमे। वह उससे यों बातें करता था, जैसे खास उसी के लिए अप्सरा कोई आकाश से आई हो! इन्दिरा क्लांति के आलस्य में सुनती रही, ऊबने के स्पष्ट अभावों के साथ जो अनाकर्षक आगन्तुकों के अधिक देर बैठने

से उसके मुख पर सदैव परिलक्षित हो उठते और फिर भी क्या नहीं थी वह स्नेहपूर्ण? नहीं, एक मुस्कान, यद्यपि वह ईषत् यांत्रिक-सी थी, उसके मुख को उद्भासित किये हुई थी। स्पष्टत: वह क्या कह रहा था, इसकी ओर उसका ध्यान नहीं था, नहीं तो उसके वाक्य के मध्य में ही वह क्यों बोल उठी थी, 'मैं अब चली?'

वह आप ही मुस्कुरा उठा। उसकी कृत्रिम चेष्टाओं पर अपनी ईर्ष्या के स्मरण से। उसने भी अपने को कितनी यंत्रणा दी थी यह सोच-सोच कि वह अभ्यस्त स्वैर विहरिणी नहीं होती तो इतने विश्वास से वह कैसे करती भला आत्मसमर्पण?...उस दिन उसके बगल में बैठा वह एकबारगी कहने लगा था कि वह उससे कितना प्रेम करता। वाह रे दार्शनिक वह! अनन्त कोमलता से उसने समझाना शुरू किया था कि पृथ्वी पर प्रेमियों के दो वंश हैं : एक, जिनकी आकांक्षा पागलों की, जिनका उत्साह विजय की दूसरी सुबह ठंडा पड़ जाता; और दूसरे, जिन्हें प्राप्ति गुलाम बना देती, जिनमें कामुक प्रेम, प्रिया के लिए अनिर्वचनीय, अव्याख्येय अभिलाषाओं से मिल पूर्णता प्राप्त करता, सर्वात्मना दासत्व और यंत्रणा को पहुँच जाता।

वह उसे समझा कैसे सकता कि यंत्रणा है और असमाप्य यंत्रणा, क्योंकि कितना दृष्ट क्यों न प्रेमी हो, प्रिया की उसकी इच्छा उसे कभी नहीं छोड़ती, न कभी तृप्त होती। इन्दिरा ने तो यह क्यों समझा होगा लेकिन वह तो थोड़े ही समय बाद समझ गया था कि इन्दिरा को उसे अपने कमरे में देख किसी और के सान्निध्य से, अधिक आनन्द मिलता, कि उसे इसकी वास्तविक आवश्यकता थी इसकी पूजा की, इसकी पूजा करती आँखों की, इसके प्रगाढ़ वलयित करनेवाले स्नेह की। उसे दूसरी आवश्यकता थी, जैसे मूर्ति को देवता होने के लिए स्तुति और विश्वास की जरूरत होगी। शून्य पूजागार में वह गड़े प्रस्तर-खंड से क्या अधिक? पर जैसे ही पुजारी मन्दिर में प्रवेश करता, पूजा चढ़ाता, सादर दंडवत, सोत्साह, सशक्त, विश्वास से मत, कि देवतों में जा मिलता।

...हर एक जीव पूजित हो देवता हो जाता। यह सब वह जानती थी और चाहती थी, वह कहती भले नहीं; मनोवैज्ञानिक वह—क्या समझता नहीं था...?

तीन-चार दिनों के लिए उसे नीचे श्रीनगर जो उतर आना पड़ा है, इन्दिरा के पत्रोत्तर भी कैसे मध्य रात्रि की तारीख लिये, स्पष्ट, कुशल, उत्साहवर्धक, फिर भी उजाड़नेवाले आते। उन्हें बार-बार पढ़ने का नतीजा हुआ कि वह उन्हें अच्छी तरह समझ सकने लगा कि उसने इसका कारण समझ ही लिया क्योंकि लिखित शब्दों के ही द्वारा न मनुष्य दूसरे के अन्तर्मन के प्रदेश में घुस पाता। उक्त शब्द चमत्कृत कर देते, छल लेते क्योंकि सुननेवाला देखता, वह उसके उन्हीं प्रिय लाल होंठों से आ रहे। लेकिन काले शब्द उजले कागज पर नग्न विचार हैं। और उसे कलकत्ते के अपने छात्र-जीवन के समय के फ्लैट की याद आई जिसके बगल में रहनेवाले बंगाली की लड़की को उसने प्यार किया था। वह व्यस्त सोचता—उतनी कम पढ़ी स्त्री भला इसकी तुलना में कैसे वैसी सप्राण चिट्ठियाँ लिखती थी? भावना के उत्तर की अनुभूति के कारण, तो ही कागज पर रख देती थी कलेजा निकालकर। इस पिष्ट उक्ति के सहज मानसिक प्रयोग से भी झुँझला उठा—अत्यधिक उपयोग से वैशिष्ट्य भी कैसा ग्राम्य हो जाता! इसी प्रकृति की अकृत्रिमता को वह इन्दिरा की चिट्ठियों में खोजता। भावनाओं की आत्मबलि में संस्कृत संयमित थी इन्दिरा जरूर। लेकिन यह कैसे कि उसे और कुछ लिखना रहता ही नहीं, जब इधर इसे इतना देना था; जब वह अपने ऐसे शब्द और जलते शब्दों में अभिव्यक्ति दे सकता था! नौकर जब उसकी चिट्ठियाँ लाता, वह एक दृष्टि निर्दोष जान जाता कि उसकी लिखावट उनमें है या नहीं और एक बार देख लिया तो भावनाएँ उसके हृदय में ज्वार की तरह उठतीं, छाती डबल वेग से धड़कने लगती। पता वह फिर पढ़ता और अन्त में वह लिफाफा फाड़ खोलता। इन्दिरा क्या कहेगी, वह आशा-निराशा में कुंठित सोचता। क्या वह पढ़ेगा इन शब्दों को : 'मैं तुम्हें प्रेम करती?' उफ, व्याकुल वह याद करता। उसने बस यही तो कभी नहीं लिखा, न कहा, पर सदैव जोड़ दिया—बहुत—'मैं तुम्हें बहुत

प्रेम करती' या 'क्या तुम समझ भी सकते कि मैं तुम्हें कितना प्यार करती?' आदि-आदि और उसे ऐसे-ऐसे सब वाक्य कंठस्थ थे जो इतना अधिक कहने के कारण ही तो इतना कम कहते। वह यह तो अब भी समझने में असमर्थ कि क्या प्रेम में मात्राएँ हैं? क्या कोई माप सकता 'बहुत' या 'कितना' कोई प्यार करता, कम नहीं, अधिक नहीं? जोड़ना तो घटा देता। वाक्य में लघुता है लेकिन इसी में शरीर जो है, आत्मा, जीवन, सबका निचोड़। यह खून की गर्मी की तरह अनुभूत करने की चीज, साँस लेने के लिए हवा की तरह। और कुछ का अस्तित्व ही नहीं यहाँ। प्रेम कोई शब्द तो है नहीं, प्रत्युत मात्र दो अक्षरों का प्रतीक लिये अवस्था विशेष। प्रेमी चाहे कुछ भी क्यों न करता हो, उसमें पहले-सा कुछ भी नहीं रह जाता—गति, दृष्टि, विचार, विश्राम या वेदना, कुछ भी नहीं।

कुरूपा मिस रस्तोगी

एलिजाबेथ आर्डेन की कोल्ड क्रीम (शीत-लेप) को उँगलियों के अग्रभागों से गालों में ऊपर की ओर गोल-गोल मलती सुशीला वेपयु की अनुभूति के साथ सोच रही थी कि लड़के उसे कुरूप क्यों कहते?...चेहरे के अनुप्राणित रोम रन्ध्रों के स्फुरण में पुलकित यह आज ही तो निश्चय कर पा रही कि बस, प्रसाधन-सामग्री अब आर्डेन की ही लेगी वह आगे। उसे याद पड़ता कि वह कहीं पढ़ रही थी कि आर्डेन को उसकी रूपवर्द्धिनी व्यापारिक-संस्था के लिए किसी ने करोड़ों देना चाहा था। लेकिन वह उसे क्यों स्वीकार करने लगी? जिसकी रूपवती रूप-विशेषताएँ हवाई-जहाज से संसार के कोने-कोने में घूमतीं, सलाह और प्रसाधन-सामग्रियों के लिए सैकड़ों रुपये संचित करतीं, उसके लिए ये दो-तीन करोड़ क्या! और, वह तो भई, समझ नहीं पाती, वह डाक्टर मिश्रा के वैदेशिक व्यापार पर दिये व्याख्यान के इस अंश पर क्यों विस्मित हो कि हिन्दुस्तान में भी अब प्रसाधन-सामग्रियों की खपत की नाप लाखों-करोड़ों रुपये से ही कर सकते?...एस्ट्रिजेंट लोशन को रुई के फाहे से गालों को, उनकी तैलात्मकता हटाने के लिए, थपथपाती वह नहीं चाहती भी इस समस्या की दुरूहता में फँसती ही जा रही। वह खीजकर सोचती

कि उसके स्वदेशवासियों की भी कैसी प्रलयकालीन भावनाएँ हैं! स्त्रियों पर जितनी उनकी स्वामिता नहीं, उतनी उन पर उनकी रूढ़ियोंवाली बुद्धि का व्यापक अधिकार है। स्त्रियों की आकांक्षाओं का, वह तो विश्वास करेगी नहीं, पुरुष कभी दमन करने—कम-से-कम जहाँ उनके श्रृंगार का विषय हो, उनकी आकांक्षाओं के व्यवहार में आने से उनकी तृप्ति और अधिक ही होगी। कौन-सा लड़का या प्रोफेसर भला नहीं चाहता होगा कि उर्मिला अपने और (भौंरे) पीले वर्ण पर इधर और उधर और बीच में जरा-सा रूज और लिपस्टिक से लाल कर लिया करे? लेकिन बाहर से इतने अनुदार कि कृत्रिम रूप से पतली की गई भौंहों पर सबकी जैसे टेढ़ी नजर रहती।...वह आज जार्जेट की अपनी उसी नई फेल्यर्ड साड़ी को पहनकर कॉलेज जाएगी। कुत्ते भौंका करें। प्रोफेसर सेठ मर्द होकर तो यों लंडन के ही, आधुनिक रीति से करे, वस्त्रों में आते। उसे यह क्यों नहीं अधिकार?...यह विचारों की प्राचीनता, प्रश्न की वर्धमान व्यापकता में उलझती-सी वह व्यग्र सोचती, हमारे सभी तरह के दृष्टिकोण को व्याप्त किये हुई। वह विद्रोह की भावना से सोचती है—वैज्ञानिक विदेशी प्रसाधन सामग्रियों का व्यवहार स्त्रियाँ क्यों न करें? लोग खद्दर ही क्यों पहने? इन्हीं प्रश्नों को केन्द्रित कर अधिक महत्त्वपूर्ण दे लें तो हम अहिंसात्मक राजनीतिक आन्दोलन क्यों अपनाते? हम आगे बढ़ने के लिए पीछे ही क्यों खिसकें? नहीं, हम ऊपर उठने के लिए नीचे ही क्यों धँसें? क्यों नहीं आगे ही नवीनता की सम्भाव्य आपदाओं के प्रति निर्भय भाव से बढ़ते रहें, ऊपर उठने के लिए पैर मजबूत न करें? हम इसलिए पीछे नहीं लौटते कि हम आगे बढ़ सकते हैं? केवल बढ़ना चाहते नहीं, प्रत्युत इसलिए कि हममें इसके लिए मौलिक ओज है ही नहीं; पैरों की पिंडलियों में शक्ति रहते इस गर्त के अन्धकार में कौन चाहेगा लड़ना? साम्यवाद की सबसे अधिक कल्याणकारी उत्कृष्टता उसकी विज्ञानप्रियता की है...पत्थर उसे जरूर ही डाँटेंगे उसकी फिजूलखर्ची के लिए लेकिन वे भी कितने गर्म हैं कि उसकी सभी विचित्रताओं को प्यार से सह लेते...।

कहानी जो लिखी नहीं गई

मैं प्रेम-कहानियाँ लिखनेवाला कहानीकार रहा हूँ। एक लोकप्रिय कहानी पत्रिका के मेरे हितैषी सम्पादक ने बहुत पहले मुझे एक गुर बताया था, जिससे उस पत्रिका में कहानी के सधन्यवाद और अस्वीकृत होने की आशंका नहीं रह जा सकती थी। मित्र-लाभ करनेवाला उनका हितोपदेश था—और जो भी हो, अपनी कहानी में प्रेम का तत्त्व जरूर पर्याप्त मात्रा में रखिएगा।

बात यह हुई थी कि सेवक की सहज बुद्धि में भी अपने-आप यह बात आई थी। इस पत्रिका में छपी औरों की कहानियाँ पढ़ने के बाद मुझसे भी बड़ा बुद्धिहीन कोई होता तो उसे यह समझाना जरूरी होता। सो, मेरी कई कहानियाँ पत्रिका में छपीं और छपीं तो मैंने स्वभावत: मान लिया कि मैं सफल कहानीकार हूँ।

लेकिन अब बड़े लेखक की तरह यह भी विश्वास मन में उत्पन्न हुआ कि जो भी लिखूँगा, छपेगा ही। सो, एक ऐसी कहानी लिखी, जिसे पढ़ने के बाद मित्र सम्पादक जी ने मुझे एक पत्र लिखा और उसमें सफलता का यह रहस्य बताया जो आपकी सेवा में रखा जा चुका है। और फिर मेरी कहानियाँ छपती रहीं। उन्हीं दिनों कहीं यह पढ़ा था कि चेखव ने कहीं लिखा है कि

कहानी में इसके सिवा रहता ही क्या है कि अमुक नामधारी युवक ने अमुकी से प्यार किया! सो, सम्पादकीय नीति को मानने की विवशता को सिद्धान्त का भी आधार मिल गया!

तब से अब तक संसार में बड़े-बड़े परिवर्तन हुए हैं। उस पत्रिका के सम्पादक बदल गए हैं। दूसरी अनेक पत्रिकाएँ निकल रही हैं। मेरी शादी ही नहीं हो चुकी है, मेरी पत्नी की मेरे सम्बन्ध में विचित्र धारणाएँ हो चली हैं। मेरी बिलकुल दो नई कहानियों से इन सारी बातों का सम्बन्ध है—एक कहानी लिखी जा चुकी है, एक कहानी है जो लिखी नहीं गई है, अभी अधूरी रह गई है, और अधूरी कहानी, आप जानते हैं, कभी पूरी नहीं होती।

जो कहानी लिखी जा चुकी है, उसकी प्राप्ति-स्वीकृति के पत्र में एक सम्पादक ने लिखा है—हिमाकत तो देखिए : कि इधर आपकी कहानियों में यथार्थता की पुट—व्याकरण देखिए, 'की पुट' लिखते हैं, लेकिन क्या ठीक, नये लेखक यही लिख रहे हों!—तो उन्होंने लिखा है, आपकी इधर की कहानियों में यथार्थता की पुट कम होती जा रही है, फिर भी हम इस कहानी का यथासमय उपयोग कर पाएँगे, ऐसी आशा है। आप स्वीकार करेंगे, जीवन के ऐसे क्षण ही अधिनायकवाद के आविर्भाव के लिए अनुकूल साबित होते हैं।

तो, सम्पादक कहता है, मेरी कहानियों में यथार्थता का पुट—मैंने कभी भी पुट लिखा नहीं—कम होता जा रहा है। पत्नी का कहना है, मेरी कहानियों में यह 'तत्त्व' बढ़ता जा रहा है। उनका यह भी कहना है, वे खुद न भी कुछ सोचें। दुनियावाले, बाल-बच्चे, स्कूल के हेडमास्टर साहब और मंत्री जी मेरे बारे में क्या सोचेंगे? ऐसा न हो कि कहानी लिखने की चाह में यह जमी-जमाई नौकरी भी चली जाए—बात ऐसी है कि जब से बेशुमार ट्यूशन मिलने लगे हैं, तब से स्कूल टीचरी के बारे में एकाएक पत्नी के मन में ऊँची धारणा जो बन गई है!

लेकिन इधर यह हाल है कि नौकरी जाए या रहे, कहानी लिखना बन्द नहीं किया जा सकता है। आप कह सकते हैं, कहानी कुछ कविता थोड़े ही है कि जब प्रेरणा सिर पर सवार है, तो लिखिएगा कैसे नहीं! अगर आप ऐसा कहते हैं, तो बिलकुल ठीक कहते हैं और यह सभी मानेंगे कि कविता और कहानी का जो तात्त्विक अन्तर है, वह आपको अच्छी तरह मालूम है। लेकिन आप मुझे गलत समझे। मैं कहानी लिखना अब इसलिए जरूरी पाता हूँ कि उसी का पारिश्रमिक मिलता है तो जेब खर्च निकलता है। यों मुझ स्कूल-टीचर को भी, आप जानते ही होंगे, पैसे कम नहीं मिलते लेकिन उन पर तो अधिकार उनका ठहरा जिनका मुझ पर ही पूरा अधिकार है। असल में इसी कारण वे मुझे कहानी लिखने भी देती हैं—वे मानती हैं कि मुझ जैसे स्कूल-टीचर के लिए भी जेब-खर्च तो जरूरी है ही, और अगर मैं उसे ईमानदारी से, उन्हें असुविधा में डाले बिना, उपार्जित कर लेता हूँ, तो बात अच्छी है, न कि बुरी। तब उन्होंने यह जरूर कहना शुरू कर दिया है कि मेरी कहानियों में घोर यथार्थता होती है—इस बात को वे और स्पष्ट से कहती हैं, क्योंकि उन्हें लाभ यह है कि वे अपनी आलोचना में शास्त्रीय शब्दों का व्यवहार करने को बाध्य नहीं हैं। और मैंने निश्चय कर लिया है कि सम्पादक के बदले इस दुर्निवार आलोचक के सामने ही नतमस्तक हो जाने में कल्याण है—असल में इसमें कठिनाई भी ज्यादा नहीं है, अभ्यास ही ठहरा! और मैंने कुछ रोज पहले एक कहानी शुरू की भी। वह पूरी न हुई। यह तो संयोग की बात है कि वही आज काम आ गई। मुझे आशा है, मेरी यह कहानी मेरी कहानी के एकमात्र आलोचक के द्वारा यथार्थता-रहित मानी जाएगी। कहानी यथार्थता-रहित है, इसलिए 'मैं' शैली में लिखने में भी खतरा नहीं है :

उस दिन कोई त्योहार था। स्कूल दोपहर के बाद से था। मैं उस दिन रिक्शे पर स्कूल जा रहा था। चिलचिलाती धूप थी। लू रिक्शे को रोककर खड़ी हो जाती थी।

सड़क खाली थी। जैसे दोपहर नहीं, आधी रात हो! मेरा कहानीकार और कभी नहीं लिखी जानेवाली कहानी के वातावरण के लिए दोपहर के दृश्य बारीकी से देख रहा था और दिमाग टिप्पणियाँ ले रहा था।

मेरा ध्यान कुछ दूरी पर दीख पड़नेवाले पेड़ों पर था। दो-चार-पाँच पेड़ एक-दूसरे के नजदीक, लाल फूलों से लदे, जैसे आग की लपटों की चादर तनी हो! पर जो आँखों को ठंडक पहुँचाती हो! मैं सोच रहा था, किसी दिन किसी से यह पूछ लेना होगा, आखिर इस पेड़ का नाम क्या है—कृष्णचूड़ा? गुलमोहर?

कुछ दूरी पर एक रिक्शा दीख पड़ा। उधर देखकर फिर फूलों की तरफ नजर मोड़ने का विचार रहा होगा। लेकिन रिक्शे पर नजर गई तो तब तक फिरी नहीं जब तक वह पास आकर फिर बढ़ नहीं गया।

रिक्शे पर मामूली लाल साड़ी पहने एक औरत थी। काली। साँवली। बल्कि काली-साँवली के बीच कहिए। वह रो रही थी। और उसकी आँखों से आँसू की मोटी बूँदें गिरकर गाल भिंगो रही थीं। बिलकुल पास से गुजरने के क्षणों में मैंने यह देखा था। मैंने यह भी देखा था कि वह औरत स्थिर-भाव से सीट पर बैठी हुई थी। वह चीख नहीं रही थी। वह छाती पीटकर नहीं रो रही थी। एक बात बिलकुल साफ थी, उसका अपहरण रिक्शावाला नहीं कर रहा था। लेकिन यह सब मैंने सोचा होगा तब, जब रिक्शा गुजर गया था।

उस शाम लड़के कम ही आए। मैं उस औरत के बारे में सोचता रहा। मैं शरलॉक होम्स और फादर ब्राउन की समन्वित शैली में कमरे में बैठे-बैठे रहस्य सुलझा रहा था।

उसका पति या उसका लड़का अस्पताल में चल बसा होगा। लेकिन अक्सर ऐसी हालत में अस्पताल से रिक्शे पर आती औरतें छाती पीटती दीख पड़ती हैं।

उसे उसके आदमी ने निकाल दिया होगा, यह सम्भावना अधिक विचारणीय थी।

ससुराल से मायके भागती हुई उस औरत की गठरी स्टेशन पर किसी ने चुरा ली होगी, यह भी विचारणीय है।

कड़ी धूप में कमजोर आँखों से पानी चलने लगता है, इसी की सम्भावना अधिक थी, मैंने अपने को समझाया था।...

[टिप्पणी : एक अधूरी कहानी की रूपरेखा थी।
यह कहानी आज तक लिखी नहीं गई।]

वह वेटर अभिनेत्री

चौबीस घंटे दिल्ली के एक होटल में। भद्र-अवज्ञा आन्दोलन प्रारम्भ हो गया है। विविध आगन्तुकों के वार्तालाप का यही विषय है। आई.सी.एस. का एक विद्यार्थी है—अमीर राजनीतिज्ञ का अमीर बेटा। एक मिल मालिक और उसकी रखेलिन। (प्रकट सब पर नहीं, फिर भी सभी समझते—वेटरों के गॉसिप इत्यादि से।) आन्दोलन पर ब्रेकफास्ट टेबल पर अपने-अपने विचार भिन्न-भिन्न प्रकट करते। पॉपुलर नेता की मृत्यु सुन अमीर आई.सी.एस. परीक्षार्थी बेटा भी आरक्त मुख बाहर निकलता, भीड़ में शामिल होने के लिए।

होटल का वर्दीधारी वेटर, जिसने यह समाचार दिया—पहले ही '...' कहता प्राणोत्सर्ग करने निकल गया है। फाटक पर ऊपर से उतरती मिल मालिक के साथवाली स्त्री अधीर Sobbing Hysterical भीड़ की ओर जाने के लिए उतावली, इससे टकरा जाती। दोनों एक-दूसरे को पहचान जाते हैं। यह उसके साथ प्रथम वर्ष में पढ़ती थी, जिसके बा़रे में लोगों ने एक दिन सुना था कि वह मिलों में काम करने कठोर चाचा के घर से प्राय: भाग-सी गई थी—। न जाने किस Instinct से वे एक-दूसरे का

हाथ पकड़ लेते। और अनिर्वचनीय सामीप्य सुख और द्विगुण बटुक का अनुभव करते वे बढ़ते चले जाते। उधर से भीड़ आती तो ये सबसे आगे हो जाते...धाँय! धाँय!...और दो मिनटों में शरीर और प्राण से अभिन्न हो गए। वे वहीं ढेर हो गए।

['कर्मयोगी' : 1938]

होली

मेरे ऐसे बहुत-से तो नहीं, लेकिन कुछ परिचित जरूर ही हैं जो होली को बुरा समझते हैं। उस दिन उनकी कोठरी भीतर से बन्द होती है। अगर किसी तरह पकड़ में आ भी गए तो उनके चेहरे पर ऐसी गम्भीरता छा जाती है कि होली का दिन न हो तो उन्हें छेड़ने की हिम्मत शायद ही हो। इस दिन तो फौजदारी का भी डर नहीं रहता सो उनकी गम्भीरता कामयाब नहीं हो पाती।

ये लोग समाज-सुधारक होने का दावा नहीं रखते। समाज-सुधारकों का तो खैर एक बहाना भी था कि होली के नाम पर प्रचलित अश्लीलता रुकनी चाहिए। यह दूसरी बात है कि इन्होंने अश्लीलता को रोकने के पहले होली मनानी ही छोड़ दी। अगर बदकिस्मती से ये लोग चिकित्सक होते तो शायद मरीजों की तकलीफ को दूर करने के लिए उसका गला घोंट देना ही इन्हें मुनासिब जँचता। लेकिन मैंने कहा न, इन सुधारकों से मेरा कुछ लेना-देना नहीं।

इसी तरह समाज के 'बिरहमिन' और 'शेख', 'वाइज' और 'नासेह' की होली के वक्त उदासीनता की मुझे कोई शिकायत नहीं। ये मुझसे अलग ही रहते हैं। बेचारों पर रंग डाल दीजिए तो ऊपर से हाँ-ना, बुरा-भला कुछ भी नहीं कहते, लेकिन उनमें बहुतों का चित्त अन्यथा वृत्ति जरूर हो जाता

होगा। तन कंटित और मन बेकाबू, यह मैंने महसूस किया है। यों तो दावे के साथ कुछ कह नहीं सकता; क्योंकि उनमें से किसी ने कभी मेरे सामने अपनी कमजोरी कबूल नहीं की है। इनका पर्दाफाश—होली नहीं।

मेनका या रम्भा का यौवन कूट बंध ही कर सकता है। लेकिन जाने भी दीजिए। ये रौब-गालिब करने की कोशिश तो नहीं करते।

पर जिस दुनिया के सारे परिचितों का जिक्र कर रहा था, उन्हें तो किसी चौबार पर सवार कर 'धुरखेल' में घसीटना ही पड़ेगा। उन्हें सभ्य होने का फख्र है। उन्हें इसका धोखा है कि धोबी का धुला कपड़ा साफ होता है। साल में एक दिन तो उन्हें समझाने की तकलीफ गँवारा करनी ही पड़ती है। इसके लिए अगर वह एहसानमन्द नहीं होते तो कुसूर उनका है। मुझे धन्यवाद नहीं मिलता तो मैं घाटे में नहीं रहता। चारों ओर की चकाचक में बस उनकी मायूसी ही खटक जाती है। नहीं तो कानों को धन्यवाद सुनने की फुर्सत कहाँ?

ये लोग शायद समझते हैं कि सात समुन्दर पार जो बात नहीं होती, अगर हम वही करें तो यह हमारी दकियानूसी है, बेवकूफी है, बेतमीजी है, असभ्यता है। इन्हें मैं विश्वास दिलाता हूँ कि विलायत में भी जवान एक पर्व मनाते हैं। उस दिन सड़क पर थोड़ी देर के लिए भी अगर कोई अपनी मोटर लावारिस छोड़ दे तो उसका होलिका दहन कर दिया जाता है। और उस दिन जवानी की यह ज्यादती बुजुर्ग भी माफ करते हैं।

चाहें या नहीं, इस जवानी में भी बुढ़ाये मेरे परिचितों को भी थोड़ी-बहुत ज्यादती सहनी ही पड़ती है। उन्हें पहले से ही चेतावनी है।

['प्रभाकर' (मुंगेर) : 1944]

कुछ सादा, कुछ सचित्र

[1]

'वैज्ञानिक-पुस्तकमाला' में छपनेवाले असली कोकोक्वविरचित कामशास्त्र के एकादश संस्करण को चित्रित करने के लिए हम आपको नियुक्त करना चाहते हैं। आपकी विगत प्राइवेट प्रदर्शिनी में 'तब असंयमी जागते हैं', 'हमीं-तुम' और कई अन्य शीर्षक वाले चित्रों में हमने इच्छितआधुनिकता पाई थी। यदि आप कल किसी समय आ सके तो बातें हो जाएँगी।'

राजेन्द्र ने कूँची को उँगलियों में दृढ़तर पकड़ लिया। स्मृति की आँखें अधिकाधिक पीड़क ज्योति में देख रहीं कि 'वैज्ञानिक-पुस्तकमाला' का पीड़न है। वह दस्तखत करता है, पिउन घंटी और सीटी बजाता साइकिल पर लौट जा रहा है और उसके हाथों में यही अकारण लगाई उलटी चपत चीठी।... आँखों की स्मृति ग्रहण करना चाह रही कि सामने कुर्सी पर सीटिंग दे रहे उसके मित्र मधुसूदन के आलेख्य चिबुक में और शायद केवल वहीं कितनी शक्ति केन्द्रित है...।

लेकिन मधु ने इस निठल्लू उल्लू चन्दर को क्यों यहाँ ला बिठाया है? क्यों? क्यों? अच्छा, मधु के लिए चन्दर में क्या आकर्षण है भला—उसकी

मांसपेशियाँ या पैसे? और यह चन्दर ही क्यों उसके पीछे लगा रहता है? इस बीसवीं सदी में क्यों कोई करता है कसरत?

राजेन्द्र की अभ्यस्त उँगलियाँ प्रेरकशक्ति के स्रोत की व्यस्तता के अतिशय के कारण अभी कूँची को यांत्रिक रूप से चलाये ही जा रहीं। वह अपने हृदय-मस्तिष्क की सूक्ष्मत: सन्तुलित तुला कोटि को अकस्मात् निर्दय झकझोर दिये जाने से रुककर ही सही, फिर भी मध्य में पा ही जाना कि चित्रफलक पर कूँची फेरने के बदले उसे उठाकर दे नहीं मारे चन्दर के सिर पर? उसे लगता, उसका मस्तिष्क उसकी आँखों की पतली-पतली हजारों शिराओं को अपने में लपेट अपने को ऐंठे जा रहा। वह योंही कूँची चलाता ही गया तो आपस में गुँथे उसके ये दोनों इन्द्रिय इस दाहिने हाथ की पाँचों उँगलियों से संवेग निष्क्रान्त हो, न जाने क्या कर बैठे! वह रो देगा ही—न, न, उसे निराशा, दुर्भाग्य के नियमित आघातों से अव्याहति-सी जो मिली जा रही थी, उसमें गुणग्राहकता के इस अपमान के दंशन को भी पचाना पड़ेगा ही।

आज तक वह यही चाहता रहा है—विज्ञ उसकी तीखी-से-तीखी आलोचना करें, यह वह सह सकता है, पर मूर्खों की प्रशंसा, गुणग्राहकता से बढ़कर कलाकार का और क्या अनादर हो सकता है? उसके लिए कला ही परब्रह्म रही है। प्राकृतिक सत्ता की परवाह उसने आज तक नहीं की थी। ठीक रास्ते पर वह नहीं था, या है, यह वह अब भी नहीं मानता किन्तु सीढ़ियाँ बिना तय किये ही वह ऊपर पहुँच गया है इसलिए उसे नीचे गिरना ही पड़ेगा। फिर हिम्मत बाकी रह जाए तो एक-एक सीढ़ी पर पैर जमाते हुए चढ़े, दुनिया की बला से। पुत्र कलश के बिना या काफी दिनों बाद वेदान्ती वस्तुस्थिति सम्भव है, पर यह उसने जो उर्मिला से विवाह कर लिया है, उसी की सबसे पूर्व मीमांसा आवश्यक है।

चन्दर दो दिन पहले का एक अखबार उलट रहा। अध्ययन गाम्भीर्य का पोज दे रहा। मधु वास्तव में सैंटयाना के 'दि लाइफ ऑफ रीजन' को

पढ़ने में तल्लीन है। राजीव व्यस्त विचारों का तूफान झेलता हुआ निस्तब्ध कूँची चला रहा है...।

क्या उसकी कला को लोकायत होना पड़ेगा? यह सत्य नहीं। सृष्टि का उपयोग किस तरह हो रहा है, यह स्रष्टा का काम नहीं। यह उसके अधिकार के बाहर की बात है। सृजन के प्रॉसेस के संकपेश का सुख ही विशुद्ध कलाकार पाता है। सृजन खत्म होते ही उसका दायित्व गया। आगे वह मनुष्य है। उसकी सृष्टि मन्दिर में टँगे या होटल में, वेश्या के कमरे में या उसके यहाँ रातों में आनेवाले कला-प्रेमी रईस के यहाँ—यह क्या स्रष्टा का काम है?

इस अदृष्ट का सैद्धान्तिक अनुवाद यही होता है कि 'तब असंयमी जागते हैं' में की बिन्दुवादी नग्नता से चित्र को देखनेवाले में तमस् का उद्दीपन होता है या सत्त्व का यह देखनेवाले पर निर्भर है? उसी शाश्वत सत्य के ज्ञान से हाय-तौबा मचते रहने पर भी आदिकाल से ही कलाकार नग्नता का अंकन करते आए हैं, करते चले तो...।

'राजू, जरा...' कि कहा मधु ने, 'चन्दर, तुम उस आरामकुर्सी पर क्यों नहीं चले आते? क्यों नहीं एक झपकी भी ले लेते? इस धूप में तो अपनी देह के साथ प्रयोग करने के लिए तुम्हें बाहर जाने नहीं दूँगा—दैट्स इट—राजू, हाँ...'

कूँची जो रुक गई थी, फिर चली।

अपने मुँह पर किसी निश्चय पर पहुँचने के स्पष्ट भावों के लिए उसने मधु की ओर देखा—कुछ कहने को, तो उसे पाया—सामने छोटे शीशे में संकुल भृकुटि के साथ देखते हुए। शीशे में प्रतिबिम्ब पड़ रहा था एक ओर बड़े शीशे से—चन्दर एकटक हरे पर्दे के पास के कमरे में पूरियों को बेलती व्यस्तवसना नारी की पीठ को देख रहा, बिना जाने कि मधु उसे दूसरे शीशे में देख रहा। मधु ने भी नहीं देखा कि राजू ने चित्रफलक पर से दृष्टि हटाई।... और अब स्वस्थ, अव्यस्त राजू, पसोपेश में पड़ा-सा, जरा रुक, फिर अपने काम में लगा जब, मधु फिर ठीक तुरन्त बाद बैठ गया...।

[2]

तो राजीव की पत्नी पूरियाँ निकाल रही। आरामकुर्सी पर लेटे चन्दर की आँखें बहुत देर तक मुँदी पड़ी रहने के बाद सामने सहसा जो उठीं तो शीशे में हवा से आधे खुल गए सामने के द्वार के बाद बेलने के साथ-साथ हिलती नारी की देह की प्रतिच्छवि पर पड़ी। उर्मिला। तो राजीव की पत्नी पूरियाँ निकाल रही? राजीव को उर्मिला ने क्यों एक्सेप्ट किया? उसके बाल बिखरे रहते। कपड़े फटे पहनता वह, कि काम कर सकने की कैपेसिटी ही नहीं, कि पास में पैसे हों—बस, कागज भाँड़ते रहो। कुछ तो ढीले और अवश्यम्भावी टी.बी. के शिकार नायकों को पर्दे पर देख समझती कि भावना और देह की ट्रेजेडी जब रहेंगी, साथ ही। पौरुष का सोफिस्टिकेटड आदर्श पौरुष की अधिकता में है, उसकी कमी में नहीं। यह बस ये अमेरिकन औरतें ही समझतीं कि मोजे में छह फीट दो इंच खड़े इन 'ही-मैन' पर जान देतीं। कठोर, कर्कश, खिंचाव ही इनमें है कि लड़कियों जैसी सुन्दरता? और यह उर्मिला है कि मसल्स दिखाने के बाद प्राइज लेकर घर आते समय उसके भाई ने उससे उसका परिचय कराया, तो वह हँसी थोड़े कर रही थी, जब उसने कहा—मिस्टर चन्दर, आपको देखकर डर लगता है। मिस चोपड़ा, मिस सरकार नये युग की ये अलबत्त हैं लड़कियाँ। उर्मिला मॉडर्न हुई तो किया क्या जाए? लेकिन फिर तुरन्त बर्फ की तरह घुलते विश्वास के साथ सोचता चन्दर—चोपड़ा और सरकार जब जहन्नुम में जातीं, तो मैटर करती है वह उर्मिला, उसकी पुकारती चौवालिस इंच की छाती में छिप जाती भर। देह में, धन में, कॉलेज भर में, चन्दर जानता है, वह अकेला है। राजू के हृदय और मधु की बुद्धि के प्रति वह आकृष्ट हुआ था लेकिन उसकी देह और आर्थिक उदारता को वे भी कद्र करते हैं ही। और वह दृश्यमान नारी की हिलती पीठ, स्फुरित मांसल आवर्जनों को देख रहा हो—एकटक।

राजीव कूँची चलाता जाता और साथ-साथ अपने निश्चय पर दृढ़ हुआ जा रहा।

मधु देख-देख लेता, आँखों के कोण से, शीशे में। यह चन्दर की अचेतन प्रकृति कैसी है कि उस औरत की ओर तभी से एकटक देख रहा—यही राजू की पत्नी है—और यह भी नहीं कि जब देखता ही ब्राह्मात: निर्लज्ज ढंग से तो सचमुच अन्यथा विकार की प्रतिक्रिया उसमें हो। लेकिन उससे अधिक चन्दर को विश्लिष्ट कौन जानता? वह चन्दर से कहेगा कि आँखों और मस्तिष्क को साथ-साथ भी उचित रूप से कार्य करने देने की चेष्टा वह किया करें। वैयक्तिक वैचित्यों की ओर उँगली उठाना आत्मीय मित्रों से भी गलतफहमी का कारण हो जा सकता लेकिन बिना जाने ही चन्दर से अभद्रता-सी वह जो हो जाया करती, सो ठीक नहीं। राजू क्या समझेगा?—सुडौल कसी पीठ। बहुमूल्य के समीप बहिवृत्त मृदुलता। एक नये कोण से मधु को नारी का यौवन दीख रहा। मधु अपनी इस कभी-कभी जाग उठने-वाली, इस वक्त भी जगी, दुर्बलता से अपने मन में ही लज्जा से भर गया। यह अच्छी तरह जानता है कि चन्दर एकटक जिस नारी की ओर देखता हुआ भी तत्त्वत: निर्विकार लेटा हुआ—और फिर इसके लिए वह उसकी आलोचना ही कर रहा, शीशे में उसी द्वितीय-तृतीय प्रतिबिम्ब की ओर एकाध बार देखने से ही वह विचलित हो पड़ा-सा। राजू की पत्नी की पीठ पर गई उसकी दृष्टि, अपरिलक्षित पर निर्विकार नहीं, चन्दर के अनुशासित यद्यपि बाह्यत: आपत्तिजनक रूप से एकटक देखने के कारण कहीं अधिक चिन्तनीय नहीं क्या? उस दिन भी जब चन्दर जिद कर उसे पज्जन के कोठे पर ले ही गया तो वहाँ से आने के बाद...उसके बारे में फिर जैसे उसने कुछ सोचा तक नहीं, लेकिन स्वयं उसके मन में कितना भीषण द्वन्द्व हुआ था...! इस विषय में वीतराग रहने की चेष्टा नहीं करने के कारण ही चन्दर अगर चाहे तो, वह जानता है, राजू की पत्नी को एक शय्या पर बगल में पाकर भी एक बार सोचे बि ा ही करवट बदलकर नित्य के समान साढ़े नौ बजे सुबह तक शिशु की तरह अनुकूल सो रह सकता।

'हाँ, और अच्छी बात है तो अब रहने दो न, राजू', सहसा संबुद्ध मधु ने चौंककर कहा।

[3]

राजीव ने मधु को उसके विचारों से उबारते हुए कहा, 'अब कल से तुम्हें सीटिंग देने की जरूरत भी नहीं। इसका यह अर्थ नहीं कि कल से आपको इधर कष्ट करने से एकदम छुट्टी मिल गई। और देखो, मधु, एक काम तुम्हें करना है। तुम्हारे रास्ते में ही 'वैज्ञानिक-पुस्तकमाला' का कार्यालय पड़ता है सो जरा प्रोपराइटर साहब से कह देना कि मैं उनके ऑफर को स्वीकार करता हूँ। फीस वगैरह के लिए उनसे कल मिलूँगा। हाँ, मधु, तुम्हारी जिज्ञासा ठीक है—मैं, मैं ही उनके कोकशास्त्र को चित्रित करूँगा। यदि सचमुच कला कोई असाधारण वस्तु है तो 'वैज्ञानिक-पुस्तकमाला' की पोर्नोग्राफी भी विज्ञान हो जाएगी, नहीं तो क्या होगा, इसकी चिन्ता मेरे लिए नहीं। मधु, तुम्हारी आँखों से मैं गिर रहा होऊँगा लेकिन तुम कला के विद्यार्थी हो, चित्रकार नहीं हो। कला तुम्हारे लिए टेबल पर मरी चीज है या रंगीन कल्पना पर प्राणहीन ही। उसके प्रति तुम्हारे हृदय में वैराग्य या शृंगार का संचार हो सकता है, पर वात्सल्य का नहीं। हम माँ हैं। खुशी से दारुण कष्ट सहना, अपनी सृष्टि को प्यार करना, उसे दुनिया में सबसे अच्छा समझना और बनाने की कोशिश करना बस की हमारे ये ही तो बातें हैं। इन बातों में दुनिया की एक-एक माँ बराबर है। पर इन माँओं के लाड़लों में से ही अलकतरा की गर्म सड़क पर रिक्शा खींचते, पॉकिट काटते, भीख माँगते देखे जाते हैं। जो सृष्टि करता है, वह सृजन की वेदना से महान् और पक्षपातपूर्ण भी हो जाता है। उसके लिए सृजन की पद्धति का बहुत महत्त्व है।' राजीव अधिक अपने को ही विश्वास दिला देना चाहता हुआ कह रहा था, 'तुमने कला का वास्तविक कठोर संसार से क्या सम्बन्ध है, कभी सोचा? कोणवादी और भाविष्यवादी मोटरों के

डिजाइन करने के लिए नियुक्त किये जाते हैं। उन्होंने ही आज के सबसे भारी सत्य मोटर को पुराने फोर्ड से 1940 की धारांकित मॉडल में परिणत किया है। अमेरिका और फ्रांस में क्षण-क्षण नवीनता की उपासिकाओं के वस्त्रों के लिए प्रख्यात वन्यवादियों का सहयोग खरीदा जाता है। अभिव्यंजनावादियों का प्रभाव मॉडर्निस्टिक गली-गलीचों के किसी कैटलॉग में देख सकते हो। सृष्ट एक बार हो जाने पर अस्सी मॉडल की रफ्तार से मोटर चलाकर हत्याएँ की जाएँ, विचित्र मानसिक आफत मचानेवाले वस्त्रों से पुरुषों को नारियाँ मुग्ध करें तो मैं क्या करूँ? हाँ, जहाँ ये पहले बातें भोंडे ढंग से होती थीं, वहाँ सद्यः कलाकार अब सौन्दर्य, प्राण, बिखेर देता। उसे इसमें लज्जित क्यों हो न?—और तुम इस सबको पतित काव्योपदेश समझते तो वही समझो, मधु। तुम मेरा सन्देश कह सकोगे या नहीं?'

'नहीं क्यों?' मधु ने मुस्कुराते हुए पूछा। 'देखो राजू, तुम मुझसे डरकर और शायद अपने में ही विश्वास की कमी के कारण पहले ही सबकुछ स्वीकार कर ले रहे हो। अपने को उत्तेजित कर अपने तर्क को खूब प्रतिपादित कर चुके। मैं मशहूर आदर्शवादी जो ठहरा, इतना घबराओ मत। लेकिन अब तो छुट्टी दो ही। सन्देश तो खैर, कह ही दूँगा—चन्दर, ओ चन्दर, उठो भी, चलना है या नहीं...?'

[4]

अन्दर से ऊबी, उनींदी स्वामिनीत्व लिये आवाज सुनाई पड़ी, 'मिश्रानी, इ ओ महराजन, पूरियाँ अभी सब बनी नहीं क्या? जरा बच्ची के लिए दूध पहले दे जाओ। मर भी जाती, तू चुप रह रानी मेरी, चुप रह। ले, पी, अब तो चुप रह...।'

तलाक

'का.' क्लीवप्राय अपने पति को आत्मसमर्पण नहीं करती। पति का शारीरिक अधिकार अस्वीकार नहीं करती। लेकिन बहुत सहज ही वह यह तो कर ही देती कि उत्तराधिकारी उसकी आत्मा को सन्तति के रूप में पृथक् करे।

लेकिन यह अधिकार वह अ. को देती—जो परिवार का मित्र है। स्पष्ट पौरुष से ओतप्रोत। वही वास्तव में तो रा. का पिता है। लेकिन यह वह भी पीछे ही जान पाया। शुरू में केवल 'का.' जानती थी।

पर अ. को अपनी स्त्री से म. लड़का है।

रा. और म. जब बड़े होते तो एक-दूसरे को प्रेम करने लगते। एक ही पिता-माता—पति-पत्नी का तो नहीं—की सन्तानों—भाई-बहन—का आसन्न अवैज्ञानिक किसी प्रकार से क्षम्य नहीं। विवाह को देख का. अ. से सब कहती है। इधर उन दोनों में, जब से अ. की अपनी पत्नी मर गई है, फिर से अवैध सम्बन्ध स्थापित है ही।

तो इस अनाचार को बचाने के लिए, सिविल एक्ट से विवाहित 'का.' अपने पति को तलाक दे देती। और रा. और म. अपनी इच्छा जाहिर करें, इसके पूर्व का. अ. से पुनर्विवाह कर लेती—जो वस्तुत: सौतेले भाई-बहन

थे, फिर भी इसके बारे में कुछ जानते नहीं थे। अब अपनी स्थिति को देख चुप ही रह जाते। कुछ लज्जित भी होते। यद्यपि क्रोध ही अधिक उन्हें होता, क्योंकि वे तो समझते कि यदि का. अ. से पुनर्विवाह का स्वार्थ नहीं करती तो उनका विवाह हो ही जाता।

वे अपने माता-पिता को उनके स्वार्थ के लिए क्षमा कभी नहीं कर सकते लेकिन का. और अ. सोचते—यह नहीं, यह वे कहेंगे—कोई चिन्ता नहीं भाई-बहन को और बहन-भाई को—वास्तविक प्रारम्भ को जाने—जान तो गए!

तत् त्वमसि

इस शहर में उसका काम खत्म हो गया था। कम-से-कम सोमेन ऐसा विश्वास कर हताश हो चुका था। शहर की ऐसी कोई गली, ऐसा कोई कोना नहीं था जिसे उसने छान नहीं डाला। और वह आज से तीन दिन पहले यहाँ से चला भी गया होता। होटल का बिल चुकाकर मैनेजर को कह आया था कि वह तीन बजे वाली गाड़ी से चला जाएगा, उसके लिए वक्त पर सवारी का इन्तजाम कर उसके कमरे में कुछ पहले खबर कर दी जाएगी। लेकिन ठीक वक्त पर ब्वाय जब पहुँचा तब कमरा नम्बर 10 की भीतर से बन्द किवाड़ पहले धीमी और बाद में जरूरी आवाज देने पर भी नहीं खुली। कुछ चिढ़कर किवाड़ को बाहर अपनी ओर झटका दिया तो सिटकिनी खट कर गिर गई। अक्सर जल्दी में उसे घुमाकर फँसाना लोग भूल ही जाते हैं, यह अनुभवी ब्वाय जानते हैं। पर, वाह रे सोनेवाले, तीन बजे की गाड़ी से जाना है, नीचे सवारी खड़ी है, और यहाँ सामान का जंगल ज्यों-का-त्यों बिखरा पड़ा हुआ। ढाई बजने को हो रहे और साहब घोड़ा बेचकर खर्राटे ले रहे हैं। शराबखोरी और गीदड़गश्ती का नतीजा और हो ही क्या सकता है, सोचकर सर्वज्ञ ब्वाय ने धैर्य के साथ आवाज दी, पर साहब की नींद नहीं टूटी। एकदम पास आ

जाने पर उसका हाथ साँस की गर्मी पाकर अनायास सोनेवाले के मस्तक पर चला गया, जो जल रहा था।

होटल के मालिक ने उसे अस्पताल भिजवा दिया था। 'ना भाई,' उसने इसका औचित्य बिना पूछे और बिना जरूरत अपने कर्मचारियों को दिया था, 'मैं ग्रैंड होटल का वाकया भूला थोड़े ही हूँ। मशहूर रशन बैले नाचनेवाले के जत्थे में एक को टायफायड हो गया और उसे तुरन्त अस्पताल नहीं भेज देने का नतीजा हुआ था कि साठ गेस्ट बीमार पड़ गए, उनमें पाँच-छह मरे भी और होटल भी बन्द कर देना पड़ा। तुम लोग देख ही रहे हो कि साल भर के बाद खुलने पर भी उसमें ठहरने से लोग हिचकते हैं। और उनके यहाँ तो पानी फिल्टर करने का अपना इन्तजाम था। उनकी बात ही क्या? हमारे यहाँ जो सबसे ज्यादा चार्ज है, शायद उनके यहाँ उतने में आउट-हाउस में भी एक कमरा नहीं दें। ना भाई, इन्हें ले जाकर भर्ती करा ही आओ। एक विक्टोरिया बुला लो। और, तुम देखो, सब सामान नम्बर 10 से ले आकर नीचे एक जगह ठीक से रख लो। इसके लिए मैं कुछ नहीं लूँगा...।'

सोमेन इसके तीन दिन बाद अस्पताल से बाहर जानेवाले रास्ते पर यह सब कुछ नहीं जानता हुआ, पर ऐसे ही कुछ का अन्दाज करता हुआ मुक्ति की साँस ले रहा था। उसे ऐसी बातों से अब अव्याहति मिल गई है। वह इतनी शराब पीता है, लेकिन क्या कभी दो बार भी यह सोचता है कि शराब पीने से किस तरह गला जल उठता है? गला जल ही उठता है शराब पीने से—इस पर वह निश्चयपूर्वक अपना निर्णय दे सकता है या नहीं, कहना कठिन है। वह तो एक चीज के सिवा और सब कुछ भूल जाना चाहता है। वह यही जानता है। सो वह तांत्रिक कौल की तरह पीता ही नहीं है, जीता भी है।

ईर्ष्या भी नहीं की जा सकती थी। यह जो ठेस-सी लग गई थी और उसे एकदम तीन दिन के लिए अस्पताल के जनरल वार्ड में रुक जाना पड़ा तो सुदूर पीछे उसकी आँखें मुड़ ही जाती हैं। आज बरबस अपने ऊपर उसकी

करुणा उमड़ी पड़ती है। ऐसी करुणा दबी-दबी जो कभी उमड़ पड़ती है तो फिर तुरन्त एकदम दबा दी नहीं जा सकती, उसे मंजूर करना पड़ता है।

सोमेन की बेहोशी, जिस दिन वह अस्पताल में भर्ती हुआ था, उसी शाम को दूर हो गई थी। उस वक्त उसे स्थिति समझने में देर नहीं लगी थी। और, दो दिन और जो उसे वहीं रुके रहना पड़ा, वह उसके लिए जीवन का एक दुरूह प्रयत्न था। जिस दिन से उसने घर-बार छोड़ा था, तब से अपने जीवन हेतु की प्राप्ति के लिए अविश्राम भटकने में केवल दो बार ही उसे रुकना पड़ा है, मुड़ना भी। आज यह दूसरी बार हुआ है। इसके पहले भी जब उसे विश्वास हो चला था कि उसने अपने अतीत से अपने को काट डाला है, तभी एक दिन नरेन्द्र का पत्र उसके बैंक से रिडाइरेक्ट होकर मिला था।

पहली कविता

मकान के पिछवाड़े छोटी-सी खाली जमीन है। घर का कूड़ा-कर्कट, घास-पौधे और कुछ टूटी-फूटी मोटरें—एक जंगल-सा लग गया है।

पाँच साल का हरीश अक्सर मुँडेर की टेक लेकर उधर झाँकता पाया जाता है। बाप के मोटर नहीं है। शायद पिछवाड़े की मोटरों का अध्ययन करता है।

एक दिन सुना, हरीश को उसकी माँ डाँट रही है। हरीश ने खाने के लिए बनाकर रखी रोटियों में से दो-तीन नीचे फेंक दी थीं। हरीश पहले सुनता रहा फिर उसने भी माँ की बक-झक से खीजकर कहा, 'नीचे कुत्ते हैं। वे भूखे थे।'

हरीश की माँ ने उधर एक बार देखा। फिर अपने काम में लग गई। हरीश, मैंने समझा, लोहे से ज्यादा जानवर में दिलचस्पी रखता है।

मैं उसकी बगल में खड़ा होकर नीचे देखने लगा। मुझे चिरंजीव की एकाग्रता की बात कुछ समझ में नहीं आई। एक कुत्ता था। नुचे हुए बाल। गन्दा-गन्दा। पंजे से खाज करता जा रहा था। इस कुत्ते में आखिर कौन-सी बात थी...?

और दूसरे दिन फिर हरीश की आवाज सुनी। वह माँ को पुकार रहा था, 'इधर आओ न, देखो तो!'

हरीश जानता है कि मेरे पढ़ने के वक्त उसे मुझसे कुछ नहीं कहना चाहिए। उसकी माँ भी यही चाहती है, जब वह खाना बना रही हो। लेकिन मुझसे कभी नहीं पिटने पर भी हरीश डरता है, माँ से आए दिन पिटते रहने पर भी उनसे नहीं डरता।

मैंने सुना, अपनी माँ से हरीश कह रहा था, 'देखो न, मेरे कुत्ते किस तरह एक-दूसरे को प्यार कर रहे हैं!' उसके स्वर में उल्लास था, 'अरे, बिलकुल भैया और भाभी की तरह...वे भी इसी तरह...।' और हरीश की माँ ने उसे कसकर एक चपत रसीद कर दी। हरीश रोने लगा।

मैं उठा। जाकर देखा...मोटर के फटे-चिटे गद्दे पर वही कुत्ता था और एक कुतिया। सचमुच दोनों एक-दूसरे को प्रेमियों की तरह प्यार कर रहे थे। हरीश ने माँ की उपेक्षा करते हुए मुझसे कहा, 'देखिए न बाबूजी, ये इसी तरह रोज-रोज प्यार करते हैं।' हरीश अपने अध्ययन में लगा रहा। मैंने उसकी माँ से दूसरे कमरे में जाकर कहा, 'तुम तो बात कुछ समझतीं नहीं। यह तो बच्चे का अनुष्टुप् छन्द है। पहली कविता : 'माँ निषाद...'!'

प्रतिक्रियाएँ

कलकत्ता—दो मकान। दोमंजिले पर एक कमरे में चार जवान रहते—एक अति व्यभिचारी दुष्चरित्र—(तथाकथित जेंटलमैन एट लार्ज)। पता नहीं, वह कौन है! न अमीर, न गरीब, संस्कृत—फिर भी पतित।

2 प्रतिदिन पुरोहिताई करनेवाले पंडितजी, पर ढोंगी। पूजा-पाठ वगैरह करते।

3 आदर्शवादी फिलॉसफी का छात्र।

4 एक और चरित्र क्लर्क!

सभी दूसरे महल के पंचतले पर की एक खिड़की के ऊपर, नीचे से देखा करते। दो-तीन रोज से, एक औरत दिन भर किसी मर्द के साथ बारह बजे के बाद से सोती। औरत का आग्रह ज्यादा, मर्द तना-तना-सा दीखता मालूम होता। शाम होते ही सेठ-सा कोई आता। स्पष्टत: घर का स्वामी। और नंगी होकर पान लगाती और थुल-थुल सेठ हाँफता फिरता। कभी कुछ देर के लिए दोनों पलंग पर जाते, कभी औरत दूसरे कमरे में चली जाती।

2, 3, 4—सभी छिपकर दृश्य का आनन्द लेते। आग्रह करने पर 1 आता और लौट जाता।

2 आज बहुत पिटकर आए हैं। एक यजमान की विधवा बहन से। आपने आपत्तिजनक प्रस्ताव भर किया था। कहा—याद आ गई थी। अब दूसरे मुहल्ले में जाएँगे, दूसरे यजमानों के लिए। लेकिन पहले घर से हो आवें। स्त्री की याद सता रही। लेकिन कोई हँसा नहीं।

3 विद्यार्थी इस मकान को छोड़ने जा रहा। लड़कपन की बुरी आदत जो बढ़ती जा रही। डाक्टर कहता, उसे कुटेव छोड़ना ही पड़ेगा। नहीं तो स्मृति तो तीव्र होती ही, और बहुत कुछ पीछे हो सकता।

4 क्लर्क अपने मनोभाव को छिपा रखता। वह कैमरा खरीदने की सोच रहा। वह इस औरत को ब्लैकमेल करेगा। क्योंकि सेठ की बीवी अमीर है, यह वह जान गया है। पता यही लगाना है कि उसका प्रेमी कौन है—इस इतवार को छुट्टी रहेगी। तभी पता लगेगा। अब घुड़दौड़ में खूब बाजियाँ लगें।

1 से सभी साग्रह पूछते, वह क्यों इतना निःस्पृह-सा रहता? इसे तो और इसमें आकृष्ट होना था। खैर, सभी चले जाते, क्लर्क को छोड़।

क्लर्क अपने विचार को एकान्त में कहता। सोचकर कि यह इन कामों में अधिक अच्छा होगा। 'हूँ' कहकर वह रह जाता।

सनीचर की शाम को क्लर्क लौटा तो मालूम हुआ कि उसने आज ही मकान छोड़ दिया था। दो-एक दिन ऊपर की खिड़की बन्द रही। पता लगाने पर मालूम हुआ है कि ऊपर से सेठ और बीवी भी उसके साथ एक हुए पीछे गए। यहीं तो दुतल्ले में चले गए हैं।

समानान्तरता

क—साहित्यिक प्रोफेसर कॉलेज का है। उसका विवाह असुन्दर, शिक्षित, बौद्धिक औरत से हुआ है।

कली—राजनीतिक कार्यकर्ता की सुन्दर, थोड़ी शिक्षित मांस-खून की (खंडित)। कली राजनीति वगैरह से एकदम दूर रहना चाहती, लेकिन पति के (खंडित) साहित्यिक 'क' से अधिक प्रभावित है। वह अब उससे प्रेम भी करने लगी है। लेकिन कहाँ महान् कलाकार साहित्यिक 'क' और कहाँ तुच्छ साधारण, केवल भोग-भाव सुन्दर वह; यदि यही साथ-साथ चाय पीती कली जब सोच रही, तब 'क' भी सोच रहा—कितनी सुन्दर है कली! शारीरिक सौन्दर्य बस नारी में जब नहीं, तो सब व्यर्थ। बौद्धिक मित्रता वगैरह, छाया-छाया लेकिन उसका आधार सौन्दर्य शरीर का कहाँ? वह चाहता, कली को बाँहों में ले ले, चूम ले, लेकिन वह ऐसा अनुभव कर रहा तो क्या? यह सुन्दर नारी उसके लिए क्या ऐसी यंत्रणा नहीं तो जरा भी आकांक्षा भी रखती? और कुछ इधर-उधर की बातें कर वह चली गई।

दोनों कुछ-कुछ बातें कर रहे, लेकिन अलग-अलग। एक-दूसरे के प्रति बिना यह जाने कि दोनों के भाव एक ही—अपने को यंत्रणा देते अनुभूति-विश्लेषण कर रहे? दोनों की चेतना के प्रवाह का सम्पूर्ण दो भागों में चित्रण। पहले 'क' का, तब कली का।

मांजी के मकसूद

ऐसा मनस्तत्त्व विश्लेषण कि कोई चल रहा सड़क पर ही—अलकतरा वाली नहीं। उसे लग रहा, सहारा में भटका वह यात्री कोई—।...वह सोच रहा कि अब सड़क का अन्त होगा। अब वह घर पहुँचेगा...। हाँफ रहा, पसीने से तर...फिर भी निष्ठुर संकल्प में चलता जा रहा...यथाशीघ्र वेग से...।

कि बीच के एक मोड़ पर, साथ वाला आदमी कहता, 'गुड नाइट। अब मुझे इजाजत दो...'

उसके चले जाने पर वह गहरा श्वास लेता और फिर आराम से धीरे-धीरे चलने लगता। एक बेचारा पाँच फीट का ऊँचा आदमी, तीन मन का बोझ लिये फुर्तीले मित्र के साथ पैदल थोड़ी ही दूर चलने पर, पानी-पानी होने को था। अब वह चला गया तो यह धीरे-धीरे घर पहुँचेगा।

निषिद्ध औषध

वह डाक्टर है। यू.पी. के एक ग्राम में। सरकारी मदद पर अनिच्छापूर्वक आया है। बेकार रहने के कारण। नहीं तो लखनऊ कॉलेज का शौकीन छात्र यहाँ? पिता सरकारी नौकर थे। जो भी कमाया, खर्च कर दिया। इसके कॉलेज के निकलने के साथ पिता का निधन हो गया। इसीलिए इसको कठिनताएँ।

इसी ग्राम के जमींदार शराबी, दुराचारी। एक दिन बुलवाते हैं 'क' को वहाँ—एक मूर्च्छित नारी के उपचार के लिए। स्पष्टत: 'क' ने उसके विषय में बहुत कुछ सुना था, यह उसकी पत्नी है। मार की छाप उसकी देह पर साफ है। लेकिन होश में आने पर वह कुछ बतलाने से इनकार करती। डाक्टर फिर-फिर जमींदार की उदर-पीड़ा और उसकी पत्नी की मूर्च्छा छुड़ाने वहाँ जाता। वह स्त्री को प्रेम करने लगता लेकिन यह उसे निश्चय नहीं कि उसका प्रेम आदान-प्रदान का है या नहीं। इस पर उसकी चिन्ता।

तब अन्त होने लगता जब जमींदार का मित्र—विशेष उसकी नि:स्पष्टता यदि स्वीकृति न भी हो तो फायदा उठाना चाहता है। तब वह नारी 'क' से

पूछती है, उसकी हजारों पन्नोंवाली पुस्तकों में क्या इसका उपचार है ही नहीं? 'क' सोचता है, रात भर Loxicilogy की किताबें पढ़ता। दो-एक दिन के बाद पेट की बीमारी की दवा में विष मिलाकर पिला देता। नारी को कुछ नहीं मालूम।

दोनों विलायत गए हैं फरक-फरक (!) एक जनवरी में—विशेष कर स्वास्थ्य सुधारने। कम-से-कम लोग ऐसा कहते हैं।

माँ का सुहाग

एक घोर बिजनेसमैन कहानीकार को 'सरोज-स्मृति' का पाठ सुनने के बाद सुनाता है—He also refers to 'अभिज्ञान शाकुन्तलम्' he read in B.A.।

एक माईजी की प्रसिद्धि सुनकर उनके पास वह तब गया था जब वह बेकार था और कलकत्ते में अपने एक मित्र के पास सहायता की आशा से गया था।

माईजी ने उसे हाथ खोलकर मूर्ति दी थी—उसका ट्रिक वह समझ गया था। माईजी अपराधिनी-सी उसे लगीं—उनकी...से वह प्रभावित हुआ था—धीरे-धीरे उन्हें माँ मान लिया था।

उसने देखा था उन पर उनके साथ रहनेवाले एक प्रौढ़ पुरुष का प्रभाव—धीरे-धीरे पाया था कि वह माईजी को मारता-पीटता तक था।

एक दिन वह अपने कमरे में बैठा है कि किसी माईजी के आने की सूचना मिलती है। माईजी उसके घर उस पुरुष के पास से भागकर शरण लेने आई हैं। उन्हें माँ की तरह वह रखता है। वह उदास रहती हैं।

एक दिन उन्हें एक पत्र मिलता है। वे उसे अपना सोने का कंठहार देती हैं—बेचकर वे बताती हैं, कैसे वह उनके साथ गाँव से भाग आई थीं। उनके

लिए अच्छी-सी साड़ी ला दे, वे ससुराल जाएँगी—उनकी प्रसन्नता। शाम को उनके 'वो' आएँगे। फिर वे बताती हैं, वो और कोई नहीं, वही पुरुष है।

वह बाजार से साड़ी, फूल की मालाएँ वगैरह लाता है, साथ में घुड़सवारी का कोड़ा, जिसे वह दिखाता नहीं।

जब वह पुरुष शाम को आता है तो उसे पहले अपने कमरे में बुलाकर कोड़ा दिखाता है और चेतावनी देता है कि उसकी माँ को कुछ किया तो वह कोड़े से चमड़ी उधेड़ देगा।

दोनों चले जाते हैं। वह माँ को सुसज्जित करता है। घर में कोई है नहीं। माँ प्रसन्नता और घबराहट में अपना शृंगार कर नहीं पातीं। वह उनका शृंगार कर देता है।

फिर वे उस शहर से चले गए थे। वह नहीं जानता, वे कहाँ गए थे।

मक्खन मामा

रानी का लड़का—विदेश जाता है—लौटता नहीं—वहाँ शादी कर ली है—बहुत रुपये लेकर मामाजी जाते हैं—लड़का-लड़की अलग रहते हैं—झगड़ा हो गया है—मामा लड़की को रुपया देते हैं, सोचकर कि तब वह कुछ ऐसा करेगी जिससे Divorce किया जा सके—वह बन-ठन के एक दिन निकलती है—एक युवक के साथ—मामा Detective की तरह पीछा करते हैं—होटल के कमरे का नम्बर तक नोट कर लाते हैं।

जब लड़के को सूचना देते हैं, तो वह कहता है—लेकिन उसके साथ मैं ही था! असल में वह मुझसे अलग हो चली थी, क्योंकि मैं उसे रुपये नहीं दे पाता था—आप लोगों ने भेजना बन्द कर दिया था—अब सब ठीक है—कम-से-कम साल-छह महीनों के लिए—तो ऐसा करो, साल-छह महीनों के बाद ही दोनों चलेंगे। लेकिन तब तक मेरे लिए भी कोई इन्तज़ाम कराओ!

लड़का—तो यह कहिए, आए आप राह पर। कल मामी को चिट्ठी लिखता हूँ।

—हाँ-हाँ, ऐसा करना भी नहीं। मैं तो मजाक करता था। लेकिन एक बात याद रखना—लौटूँगा तो तुम्हें साथ लेकर ही।

बड़ा दिन

साइकिल पर नायक जा रहा [शहर से कैन्टूनमेंट (पटना से दानापुर)]—नायिका को उपहार देना है। सोच रहा, उच्च श्रेणी को निम्न श्रेणी बर्बाद देखना चाहती और उलटा—लेकिन त्रिशंकु इस मध्य श्रेणी को तो अपने को स्वयं मिटा देना चाहिए...तो क्या दुनिया में सिद्धान्त ही रह जाएँगे?

पैसा नहीं कि उपहार दे। इसलिए...अपना कोट ही बेच देता। रास्ते में टामियों से गोरी वेश्या को छुड़ाना। वह भी जिए...लगती है...कहने कि गेरी कपूर के शरीर पर। बर्ट टेलर का मुख—ऐसा उसका व्यक्तित्व—बाबू को वह प्यार करती—और वह उसे बगल की झाड़ी में ले जाता...वह जाते वक्त रुपये माँगती—भूखी बीमार माँ को खाना देना है...छोटे भाइयों को खिलौने... वह एक के साथ पाँच रुपये पर बाहर आई थी...दुष्ट सब--पाँच-छह उस पर अत्याचार करना चाहते थे...लेकिन वह अत्याचार ही अच्छा था...अब वह रुपये कहाँ से ले आवे...नायक बारहो रुपये दे देता...फिर फिटन वाले को बुलाकर कहता—वह उसे उसके घर पहुँचा दे...उसे रुपये के पैसे साढ़े दस आने दे देता...नायिका रंज थी कि उपहार नहीं मिला।

संग्रह की अन्तिम कहानी

यह कहानियों का ऐसा संग्रह है जिसकी अन्तिम कहानी ही पढ़ने को बाकी रह गई है।

और भी कहानियाँ क्यों न हुईं?

ये कहानियाँ कई रातें मेरे लिए उड़नखटोला बनकर रही हैं। मैं उन पर कहाँ-कहाँ घूम आया हूँ। मसहरी को बिना हटाए, दुतल्ले के सोनेवाले कमरे से, जीने से उतरे बिना मैं निकल जाता रहा हूँ, खुद भी नहीं जाना किया, और फिर कब चुपके-चुपके आकर पानी पीने के बाद बत्ती गुल करके सो जाता रहा हूँ।

कौन लोग! कैसे कमरे! कैसा दुख और कितनी करुणा! मैं सबको देख आता रहा हूँ। मेरी उपस्थिति पर किसी को आपत्ति न हुई होगी। वे जानते भी न होंगे कि उनका दुख एक अनजाना व्यक्ति बाँटकर धन्य हो गया होगा। उनकी मुस्कुराहट की रेखा और जहाँ अंकित हुई हो, किसी के हृदय में बिजली की तरह कौंध गई होगी, यह उन्हें क्या मालूम होगा?